倪湛舸 著

铜与糖

华东师范大学出版社
·上海·

图书在版编目(CIP)数据

铜与糖 / 倪湛舸著. -- 上海 : 华东师范大学出版社, 2025. -- ISBN 978-7-5760-5667-9

Ⅰ. I227

中国国家版本馆CIP数据核字第2025N9T270号

铜与糖

著　　者　倪湛舸
策划编辑　许　静
责任编辑　梁慧敏
审读编辑　陈　斌
责任校对　时东明
装帧设计　卢晓红
插画设计　黄家馨

出版发行　华东师范大学出版社
社　　址　上海市中山北路3663号　邮编 200062
网　　址　www.ecnupress.com.cn
电　　话　021-60821666　行政传真 021-62572105
客服电话　021-62865537　门市(邮购)电话 021-62869887
地　　址　上海市中山北路3663号华东师范大学校内先锋路口
网　　店　http://hdsdcbs.tmall.com

印 刷 者　上海中华商务联合印刷有限公司
开　　本　889毫米×1194毫米　1/32
印　　张　7
插　　页　4
字　　数　153千字
版　　次　2025年7月第1版
印　　次　2025年7月第1次
书　　号　ISBN 978-7-5760-5667-9
定　　价　65.00元

出版人　王　焰

(如发现本版图书有印订质量问题,请寄回本社客户中心调换或电话021-62865537联系)

目　录

第 一 辑

独眼巨人说，这里没有人 / 1

刀刃和刀鞘不能吻合 / 3
地底下也有光 / 4
独眼巨人和没有人 / 6
独眼巨人没有父亲也没有孩子 / 7
歌谣 I / 8
歌谣 II / 9
故事已然结束 / 10
家族的荣誉 / 11
接住我 / 12
没有人死去，没有人活着 / 13
弥留之际 / 14
宁静源自孤单时变缓的呼吸 / 15
Pierre, C'est Moi / 16

普拉斯基 / 17

勺子比斧子更令人伤心 / 18

三灾之风 / 19

三灾之火 / 20

三灾之水 / 21

山茶花什么都不记得 / 22

乌洛波罗斯 I / 24

乌洛波罗斯 II / 25

亡灵书 / 26

我的心跳诞生了整个银河系 / 27

我们的世界还能幸存吗 / 28

醒醒吧,你已经死了很久 / 29

因为我是,皮埃尔 / 30

只有斧子是真实的 / 31

终其一生,他把自己当作信件投递 / 33

终于,大家都明白了 / 34

转生秽土 / 35

纵身 / 36

醉拳 / 37

望进风里的眼睛啊…… / 38

第 二 辑

艾琳娜遇见了艾琳娜 / 53

艾琳娜皮肤黝黑，头发雪白 / 55

冰雹停息之时 / 56

不想扎根的三色堇 / 57

重生 / 58

吃掉自己的橙子终将在旅途中复活 / 59

地球不够宽敞 / 60

第四个人 / 61

合欢解忿 / 62

告别宴 / 63

降临之前 / 64

姐姐，不是所有的艾琳娜都是一个样子的 / 65

觉醒 / 66

狂欢过后 / 67

那个寒冷又干燥的地方 / 68

蒲公英被吹散 / 69

热带生活 / 70

日历 / 71

史诗 / 72

谁此时不在燃烧就无从熄灭 / 73

隧道 / 74

Vanitas / 75

王国与荣耀 / 76

罔两问景 / 77

玩烟 / 78

无生老母 / 79

雾与艾琳娜 / 80

熄灭的火 / 81

夏天 / 82

雨说：我爱遥不可及的艾琳娜 / 83

坐船 / 84

怎样才能停下这辆燃烧的车 / 85

最后的钢琴曲 / 86

翼手猿 / 87

第 三 辑

偏离命运的努力注定落空　/　99

奥罗拉　/　101
背叛者　/　102
闭上眼睛才能看到　/　103
不能原谅　/　104
对影成三人　/　105
寒冷填满空洞　/　106
Grief Is the Thing with Crystals　/　107
滑梯　/　108
火车辗身凡十八反身碎如尘　/　109
近乡情更怯　/　110
绝望与渴望　/　111
苦之本际　/　112
两间空房子　/　113
那些消失的都还在　/　114
你是否经历过这样的瞬间　/　115
世界微尘里，吾宁爱与憎　/　116
水瓶宫　/　117
撕开与盛开　/　118
逃亡者　/　119
天各一方　/　120

天凉好个秋　/　121

天雨沸铜　/　122

铜与糖　/　123

Smoke Gets in Your Eyes　/　124

我的记忆里，他是热的　/　125

我们无罪，只是愚昧　/　126

我有两只箱子　/　127

五年后，十五年后　/　128

夏天的雨是个好东西　/　129

You Don't Die Enough to Cry　/　130

愿我左手枯萎，再也不能弹琴　/　131

院子里竖起了一架梯子　/　132

冰川摄影师　/　133

第 四 辑

我们一起在灾难之地种树　/　147

不二法门　/　149

乘虚登晨　/　150

吃草　/　151

从南海出发　/　152

Déjà Vu　/　153

都是海的错　/　154

地狱之门　/　155

电影开场　/　156

髣髴飘飖　/　157

放逐　/　158

腐烂的果实　/　159

归墟　/　160

混元圣纪　/　161

看……　/　162

劳蛛缀网　/　163

落实思树　/　164

Panpsychism　/　165

入海口　/　166

世界荒谬，人更残忍　/　167

双头蛇　/　168

水滴石穿 / 169

它们都在尖叫 / 170

糖纸上缀满钻石 / 171

听…… / 172

望天 / 173

新年快乐 / 174

星星落在那个人身上 / 175

饮鸩 / 176

雨马雾裘 / 177

圆与切线 / 178

在灾难之地种树 / 179

重要的事 / 180

后记：诗与克苏鲁 / 181

第一辑

独眼巨人说，这里没有人

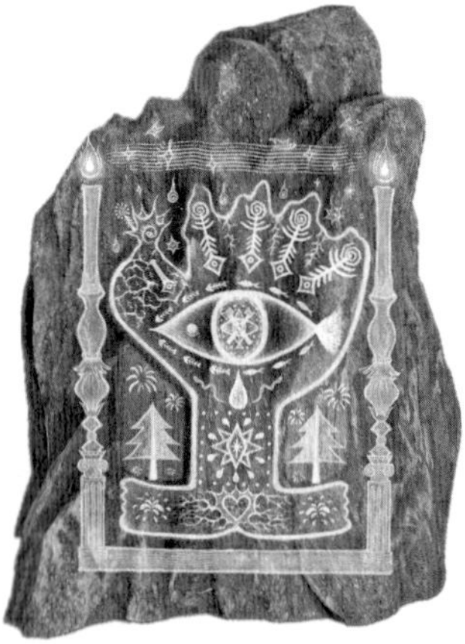

刀刃和刀鞘不能吻合

草长着长着,就比树高了。
草丛里追骨笛的狗,
慢慢变成了被风吹响的骨头。
附近的水井里塞满并不属于狗的骨头,
他累了,把水桶套在头上,
他不需要在水桶上凿洞,
躺在草丛里的他什么都不想看见,
也摸不到只存在于想象中的刀。

他好像对谁发过脾气,
疯子那样手脚悬空边打鼓边踢球,
他知道自己不该如此贪心,
做梦从来都只是做梦,
怎样做梦都改变不了死了的现实,
好吧,不是大家都死了,
就是只有他孤零零地死了……
哪边都是比草还要高的现实,
可刀刃和刀鞘就是不能彼此吻合。

地底下也有光

我睁开眼就喝酒,闭眼前还在
灌醉自己,天气太冷,酒精比石油珍贵,
储藏了曾经穿越浩瀚太空进入大气层的阳光,
就像我,还在为了曾经从天而降的妄想而苟活。

可是大衣拉链已经冻僵,
河边帐篷的拉链也不能吻合,
我摩擦手掌试图让十指学着像拉链那般彼此交错,
它们却只认得酒瓶,一摞又一摞的空酒瓶。

雪天里有轨电车注定要脱轨,
火车工人的罢工也并没有终止日期,
像模像样的人哪里都去不了,
就连流浪汉都被敲进了地图上没有标注的空白。

我发觉自己的脚踝已经被土壤吞噬,
我长出根啦,我长出根啦,
可以逐一问候地下的蚯蚓、暗流和瞎眼的妖魔,
我脚底滚烫,因为喝醉了的大家都很兴奋。

尚未出生的大家很高兴回味过往的时光，
酒精糅合了这么多暧昧不明的轮回，
好吧，我曾经不是我，
而酒精挥发，正如我们、你们和它们都在消散。

独眼巨人和没有人

皮埃尔忘记了自己的名字,
因为没有人叫他皮埃尔,
他穿破了洞的袜子,
他的大脚趾可以调皮,
只有这样他才能保持严肃,
他睡在河边的帐篷里,
只有在睡着后才有勇气走进雾中树林,
河水好像喧嚣又好像很遥远,
他不喜欢被埋在坟里,
因为没有人来看望皮埃尔,
树林的心脏好像在跳动又好像很冷静,
火炉烧光了木屋,
火车穿透了冬天的田野,
皮埃尔握着大脚趾在沙地上画陌生的城市,
那里,流浪汉用陌生的方言呼唤流浪狗,
皮埃尔什么都听不懂,
他早已丧失了学习的热情,
他捂住耳朵和眼睛,说这里没有人。

独眼巨人没有父亲也没有孩子

我一无是处,只擅长在夜深时无缘无故地嘶声嚎叫,幸运的我从未挨过打,因为别的人都睡死了,或者死透了,就像雨天其实看不见孤零零的月亮,而月亮看不见天外彼此隔着巨大黑暗的星辰。大家都坐船离开了,哪怕那些比纸薄的船漏着水沉到了世界的另一边,所有的水都想要逃离而所有的火都压在了我的喉咙底下,可是什么能被压住啊,你来告诉我,你不是妖怪,你是我爱过的每一个人。荣耀的分配也许有尊卑贵贱,但痛苦和此刻我扭曲的脸偷偷尾随你们每一个人,来吧,来跳舞吧,来吃糖吧,你的双肩上坐着两个尚未出生就已被撕碎的孩子,你的手腕上刻着父亲被烧成灰的钟点,父亲不是我们的来处。

歌谣 I

他说:我要去巴黎,和流浪狗一起吃睡,直到忘记人类的语言,但我会等你,等你教我再次说话,说一些只属于我们的谜语。比如:爸爸被吊死的那一刻,整座树林都变得透明,谁都能一眼望见过去和未来。爸爸的骨架是黄金,树林是燃烧的蓝色火焰,是上涨的海面或者下沉的天空。又比如:我们要用手臂搂住手臂,用胸膛紧贴胸膛,用腿纠结腿,然后,耗尽力气的我们就一同迎接审判,一根睫毛是抵挡不了洪水的,两根睫毛也改变不了什么,那么,拧成绞绳的两根睫毛呢,爸爸?

歌谣 II

雨还没停,我已经去过巴黎了,在电话里隔着可能是印度洋也可能是大西洋还可能是太平洋怒吼的皮埃尔好几年前就死了,我不是流浪汉更不是流浪狗,我不会飞所以一直在坐火车甚至还有公交车,我坐在椅子上睡觉就这样横跨整片整片的大陆因为哪里都没有床,我也没有枕头除非梦里的皮埃尔变得柔软,他已经躲在石头里好几年了,我有时用指肚摸石头有时用指节敲石头,我说,你回去了吗?你回到哪里去了啊,你不许我挂断电话也不给我寄山茶花,我就要下车了,我就要抱着怀里的石头去爬山,可能是阿尔卑斯山也可能是阿巴拉契亚山还可能是爱人们的尸体堆成的山。

故事已然结束

他爬上吊桥,用悬空的双脚指向水坝。昨晚下过雨,水坝另一头的河面高过他的头颅,他点不着藏在衬衫口袋里被雾气打湿的烟,没有什么东西是热的,太阳躲在云层后面,往事在眼睛望不见的地方,可能比水坝另一头的河面更高。人总是犯同样的错误,他用左脚蹭掉右脚上的鞋子,又用右脚踢飞剩下的那只,他决定了,再也不会离开这座吊桥,水坝的闸门一旦打开,上游的帆船就能去到西边的海,他用吊桥上的绳索绑紧自己,再拿双手搭成喇叭凑在嘴前,不知道该对谁喊这些莫名其妙的话:我爱过的人都有至少两次机会伤害我,我也许是踩着石头呼啸而过的河流,也有可能是被水淹没的历历顽石,整个世界终究是要被冰封的,高低、远近和爱恨都将被抹平,对了,还有最不重要的生与死。

家族的荣誉

如果有来生,我要漂洋过海,流浪汉皮埃尔要做海那边的乡巴佬,在被耶稣像凝视的沙发上醒来,越过空酒瓶和烟灰缸看见来问罪的亲戚朋友,山越高雪就落得越久,无论种土豆还是烟草都越来越艰难,无论空气稀薄与否,皮埃尔的头发都能像磷火那样燃烧,那么我的胡子呢,他揪着胡子拽自己的脸为了求证,幻象不会消失,来嘘寒问暖的亲戚朋友也不会,今天是星期八而此刻卡在了过去和未来之间的缝隙里,一觉醒来,我所铭记的国家和臣民都还在世界背面旋转,可是迎面涌来的人群说我已经疯了,他们抬起睡眼惺忪的皮埃尔去风中越来越破败只剩一堵矮墙的教堂。

接住我

接住我,皮埃尔,
我知道你还在呼吸,
就好像日月还在穿梭,
海潮有高有低,
我们竟然从未肩并肩看过海,
如果可以操纵时间,
你想要去到诞生前的,
还是毁灭后的世界,
它们也许是同一个斑点,
凭空出现或是消失,
是血管里延缓血流的同一个气泡,
名叫悲哀,
所以你还在呼吸
而我想要跳出去,
如果你是飘在空中的鬼,
接住我,
就好像风总能兜起被吹爆的气球,
如果你是被埋进地里的鬼,
还是要接住我,
被掐灭的烟头是我,
我是我送进你掌心的眼睛。

没有人死去，没有人活着

别人问皮埃尔：
你去哪些井里捞过淹死的星星，
你睡着的时候有几只乌鸦飞过着火的树梢，
你诅咒过的女人弹断了多少根用头发捻成的琴弦，
被人推落山巅的是石头还是闭上眼睛的皮埃尔？

别人又问皮埃尔：
你为什么闭上眼睛捂起耳朵却张开嘴，
你跟着那个女人唱歌会有什么好下场，
承认吧你爱她哪怕只因为年轻的身体需要摩擦，
只有死才是热的，勉为其难地活着太冷。

皮埃尔回答：来吧，来拥抱吧，
我们各有各的名字，却都在丧失热量，
我们冻结成石头却还是拥抱在一起，
这里没有别人，我们共同的名字是"无名氏"。

弥留之际

你为什么在雨里奔跑,皮埃尔?
因为我是火,我想要浇灭自己。
活着的意义就是做许多愚蠢的事,
被更愚蠢的爱人牢记或是忽视。
看啊,她想要借火点烟,
回廊上方的天空是紫红色的。
我的脑袋里藏着整座宫殿,
她却正笑着发问:
你为什么不去沙漠,把脑袋埋进沙里,
等待更古老的尸体们从地壳深处喷涌而出?
包裹这个世界的雨原来是油吗?
烧啊烧啊,她的嘴唇剥开他
就像是红彤彤的钩子撕裂焦黑的柑橘。

宁静源自孤单时变缓的呼吸

手机的电量就快耗尽了,
你想要照亮什么,
草丛里藏着什么,
天黑后晾衣绳上悬挂的花裙子
蒙住了谁的眼睛,
后来河流涨水冲走了什么,
河流入海处,有几只信天翁在俯冲?

我也快要耗尽了,
拍打头颅却怎么都赶不走的歌谣
是吸血的昆虫吗?
从胸膛里拔出来的光柱越来越柔软,
手脚发软的人只能彼此依靠;
你已经隐约看到了什么,
你为什么捂着嘴陷入沉默?

Pierre, C'est Moi

皮埃尔终于明白了一个道理：在任何地方住得久了，走路都会越来越慢，无论我们对路边的风景是否怀着哪怕只是假装的兴趣。

人或者其他什么动物其实也是有根的，无论我们敢不敢承认，根和锚和重力是同一类事物，从高处往深处跳是摧毁自己的有效方式。

可是，皮埃尔说："我和你们不同，我原本就是破碎的，我住在巨大的水缸里，像水母那样舒张又收缩，收缩又舒张。

我走路越来越慢，因为我的腿越来越多并且越来越不受控制，石头上套着裙子，裙子边缘飘荡出愁思，愁思膨胀起来，捕捉到水里随处流窜的电流形状。

在这个地方住得久了，我的水缸变得狭小，氧气越来越稀薄，恐惧没有用，妥协也改变不了什么。"

皮埃尔在没有窗的卫生间里刮胡子，刀片划破了他的脸，却并没有血往下流，这里不是水族馆，不是动物园，更不是星球文明展览会。

皮埃尔还在呼吸。我握拳猛砸卫生间的镜子，想要触及虚像世界里沉浮的自己。

普拉斯基

普拉斯基是去机场的路,别问我这是哪座城市,我早就被砸碎了,没有方向也没有记忆,我在雪地里走了一夜,太阳出来后还是不能停下来,停下来的人都冻成了冰壳,里面是空的,我捏他们的头就像是拧楼梯转角处的铜把手,再加一把劲,他们就与我一同飘散在空中成为彩虹,机场已经多久没有飞机起飞,地铁站已经多久没有列车进站,商场的旋转门上沾满了麦芽糖色的霉斑,可我竟然知道,商场顶楼的电影院还在循环放映着无声的歌舞片,我好像踩了很多人的脚才出来,又好像踩了很多人的脚才进去,我们手挽手走在一条叫作普拉斯基的路上,这只是一场电影,它唯一的缺陷是没有终点。

勺子比斧子更令人伤心

我不会去触碰，一把在炉火中变软熔化的勺子，勺子是锡是银还是铜做的并不重要，只有我是活生生的挫败。哪怕只在想象中伸出手，我的手也是会燃烧起来的，下雨天的手最为干燥，花还在含苞，孩童的皮肤下血液在律动，可是我的手已经落了满地，只需一把勺子就能点燃。告诉我，一把真实的斧子能做什么？再告诉我，一把失去了形状却无比沉重的勺子能做什么？我必须挖空面前的矿山，再向下挖出地壳深处的街道和宫殿，为了象群能够平稳地沉没；我必须喝完面前的红菜汤，隔夜面包和世间艰难确实很难下咽，但是手持鲜花的儿童不懂，他们不懂我们的皮囊里贮藏着多少血液，而爆炸时重获自由的血液能飞得多高多远。

三灾之风

我不记得他们的名字了，他们都是疯子，疯子的灵魂去了很远的地方，剩下的身子灌满了风飘浮在半空。我不能同他们说话，我不想听见星辰运转所发出的巨大噪音，末日并不成为末日因为被毁灭的一切终将复苏。疯子是一些敞开的窗子但我必须捂住自己的眼睛，我的朋友们都去了很远的地方，他们回望这渺小的世界并感到悲伤，他们怎样努力都找不到更为渺小的我。他们留下的空间被风灌满，我冷，我关上四面八方的窗子，抱紧一把真实的、毫无用处的斧子。

三灾之火

我绷直身体,向上挥舞双手,又慢慢蹲下来扭动腰肢,我踩着蜡烛或木柴,也有可能是凝固的脂肪,我像什么呢,从这个渡口跳上那条无底之舟的灵魂,风和雨水都不能平息的怨念,还是被剥了皮以至痛得发抖的野兽,我什么时候才能学会冷静变成石头,我甚至还未曾掌握岩浆的形态,我是火,火的茎,火的苗,火的舌头上吐放的细蕊和繁星,我的脸正在崩塌,我的耀斑宣告你的世界归为平静,废土之上的火是一群手挽手怎样都不会跌倒的幽蓝巨灵。

三灾之水

停下来就会被淹没，在水里是不能同别人说话的，也不能真正地独处也就是睡觉，必须不停地踩水，踩空荡荡的水而非脚踏实地，我已经分辨不清懈怠与受罚，水里的光被扭曲而更深处的黑暗是无法抵挡的诱惑，我也想探出头来，但我是皮埃尔，石头的故事不停地重演，鸟有翅膀，鱼有鳍，天地之间的人却捧不起手指之间的逝水，石头之所以漂浮是因为什么呢，洪峰高过了山峰的那一刻意味着什么呢？

山茶花什么都不记得

皮埃尔听见电话铃响,
可是他没有家也没有电话,
他睡在河边的帐篷里,
枕头是塞满山茶花的帆布包,
他在梦里听见过路的人
同电话另一端的人争吵。

梦里的他站在田里收割麦子,
无边无际的田野啊
麦子全都是枯黄的,
他眺望着远山
知道自己马上就要醒来,
醒来吧,电话里吵架的人啊
麦秆那样在风里起伏,
走远了的和正在靠近的
全都没什么牵挂。

无牵无挂的皮埃尔知道
马上就要天亮了,
他在河堤上铺开乌有之乡等着光,

上辈子的我可能是一条鱼，即使七复都难以解开的可，来世我要那看似准！石端的，跳入海里遇见离群的鸟，描写什么都没用，那些人只想听他们想听的，说了就说了。

我恢复这里对情洞流火只哨至少能干扰移动的气层
我不再回忆过去。

冰水，像脱胎的冰越积越厚却还在流淌，
要学会不再最恨明天
明天是我与粉身碎骨，时越来越短的距离。

我的皮肤还有很多层，
比方说横跨河流向海岸线推进的风
云层之上爆裂开来的极光
还有星球和星球之间
寄生一切声音的寂静

打电话的过路人踩掉了他的大脚趾,
他捡起来又给插了回去,
还好,坚强的终究还是棒棒糖。

乌洛波罗斯 I

街对面那户人家的阳台上,
多了两只行李箱。
窄小的、连转身都艰难的阳台
只能用来摆放花盆或自行车,
哪怕下雨也无所谓。
此刻空气里弥漫开海盐的气息,
所以又在下雨了吧,
睡眼惺忪时望见的透明窗纱上趴着一层水汽,
就像是幽灵背着她更轻盈的妹妹,
妹妹来自南边的海,
有时候跑得太快会洒下银鱼和金币,
甚至还有完整的沉船从天而降。
人们都说海的背面是沙漠,
造船的工人住在沙漠深处的石英宫殿里,
那是即将消失的行李箱的归处吗?

乌洛波罗斯 II

皮埃尔想要有个女儿，或许他真的有过女儿，皮埃尔的女儿在飘雪的清晨被冻醒，回想起梦里仰头望见的钢链，那是桥的悬索，爸爸骑着一辆吱嘎作响的自行车，她坐在后座，爸爸答应带她去桥的另一头看巨大的集装箱坟场，可是桥太高，皮埃尔的女儿只能跳下车来推着爸爸的腰向前，然后，她掌心的温度就迅速地丧失，然后，她从床头的镜子里找不到自己，因为皮埃尔正骑着车追赶一辆离站的城际列车，后座上绑着空空的行李箱，他好累，他踩着脚踏板眼睁睁地看着火车远去，他知道火车会越过很多河上的很多桥，最终驶进高楼林立的城区，那时候天已经黑透了，天黑后被灯火点亮的空间才会从高楼边缘显现，办公室、水烟馆、家居用品店还有芭蕾训练班，脚上绑着肉桂色缎子鞋的女孩中有人把额头贴在玻璃窗上向外张望——那是我的女儿吗？皮埃尔沮丧地想，我的女儿，我那落在掌心就会像雪一样融化的妄想。

亡灵书

用一只手握一本很小的书，用
你的声调问候我自己，
对了，你还没有来过这里，
我的皮肤干裂，
所以我的灵魂比大象更会记仇，
可是它记不得的事很多，
比如你已经死了，我浑身上下都湿淋淋的。
脚下的城市里人们正燃放烟花，
快要新年了，又快要新年了，
你说虚数也是存在的，
好吧，就像天空上飘着青色的太阳
和紫色的雪花，爸爸和妹妹
在溪水的那边浣洗黄金。
你是怎样学会流浪汉的语言的呢，
怎样，才能把给我的信都写在我的掌心？

我的心跳诞生了整个银河系

我哪儿都不想去，哪怕帐篷里什么都没有。我可能已经去过太多地方，相隔遥远的市镇与城堡时刻都在共鸣，它们像彩色灯泡那样乱作一团，没有通电却能闪闪发光，也像是被疼痛所链接的神经，不知疲倦地变换着阵形。但我没有光，我已经太疲倦了。帐篷里除了我什么都没有，我把自己掩埋在河边的蓝色帆布帐篷里，我的皮肤还有很多层，比方说横跨河流向海岸线推进的风，云层之上爆裂开来的极光，还有星球和星球之间吞噬一切声音的寂静。我躲在这么多层皮肤的里面，哪儿都不想去，可能比钻石更坚硬，也可能比叹息更轻易，我才是最初和最后的宝藏。

我们的世界还能幸存吗

窗外的塔吊被朝阳照亮,看啊,起重臂上的钢索一丝丝崩裂,灌满沥青的集装箱砸落在地时,我的玻璃杯也震动着从桌上坠落,我的牛奶洒在印着葡萄园图案的地毯上,像是一场洁白的洗礼,可是,变形的集装箱卡在岩层的缝隙里,沥青是黑的而岩浆是红的,我们的世界还能幸存吗,爸爸?

爸爸,看啊,屋子的门被推开了,窗帘被卷起,地上散落的玩具和书籍被扫到墙角,为什么我看不见任何人甚至只是移动的物体,我想要尖叫却发觉肺里灌满了冰冷的铁屑,我皱着眉头打嗝吐出铁与血的锈气,屋子里的隐身人是谁,他们要干什么,他们抓我的手臂留下青紫色的血瘀是怎样的信号?

我怎样才能克服此刻的恐惧,我长大成人后爸爸怎样才能克服悲伤,他从床底下摸出铁罐让我把手探进燃烧的沥青和冷却的熔岩,他是个容颜英俊的陌生人,脸颊上有伤疤而额头刻满皱纹。不要在我眼前消失,爸爸,不要让虚无淹没你只剩鼻尖和搭在我肩上的手指,更不要告诉我,你才是这场灾难的主谋。

醒醒吧,你已经死了很久

皮埃尔有一顶姜黄色的绒线帽,
他有时候用它焐手,
有时候把它当作长筒袜套在脚上,
他的脑袋被谁埋在了沙里,
他已经不记得了,
他扛着沙漠走在没有火车来往的铁轨上,
想哭却挤不出眼泪,
沙漠很凶的,很凶的沙漠
蒙住他的眼耳口鼻,
可黑色飞虫还是突破了防线扬长而去,
皮埃尔晃动脑袋想要抖落一些绛紫碎屑,
那是姜黄变老发胖的模样,
谁知花瓣太过鲜艳,
黑色飞虫被神秘的引力拉回现实,
它们都回到皮埃尔的嘴里,
生活的滋味太苦,
皮埃尔想哭,却怎么都挤不出眼泪。

因为我是,皮埃尔

我的床尾正对着门,所以,睡醒了,
打开门,就能直面什么呢,
别跟我说悬崖和星空,或是湍流对面的森林,
能用脚拨弄的只有石头,
一脚踏上去并不会粉碎的石头,
很多很多的石头可以被想象成宫殿,
建造不是我所喜欢的,毁灭也不是我正逃避的,
我是石头宫殿里孤零零的国王,
我等待有人经过这里同我交换心脏,
我心里有很多很多的怨恨和恐惧,
一旦离开这张床和这座宫殿就能变成黄金,
你心里有什么呢,你能为我留下什么呢,
你知道自己奋力完成或破坏的,是块怎样的石头?

只有斧子是真实的

他想要锁上门,
可是陌生人还在往里涌,
这里是酒馆吗?
他转过头寻找酒桶的时候,
墙壁消失了,他
用黑乎乎的手揉自己的眼睛,
远处的山脉一块块地崩裂,
太遥远的海水像箭那样突破了防线。

这里是帆船吗?
陌生人想要逃离舔食他们脚掌的
土壤,谁都没有鞋子,
缎做的和草扎的鞋子全都烂成了苔藓,
很快所有的腿也都会变成树根,
看啊,帆船上
早已爬满了蔓藤。

他摸遍了全身都找不到钥匙,
手里却被塞了一把斧子,
砍什么呢?世界太过动荡,

酒馆不是帆船,帆船
不是他睡觉的帐篷,帐篷
不是只有在梦里才能被望见的星空,
他捂起自己的眼睛哭,
一把真实的斧子又能做什么呢?

终其一生，他把自己当作信件投递

没走几步，他就后悔了，匆忙中套在脚上的袜子从脚跟往下滑落，他只能甩开搭在肩头的行囊，把冰冷的手伸进靴子里去触摸冻僵的脚，攥起缩在后脚掌处的袜子往上提，毛线织成的袜子很快就要磨破了，更糟糕的是，他还在长高。他记得峡谷的野草长得比树还高，巨大的野草吐放着蕾丝杯垫状的白花和玻璃灯笼般的紫花，可是夏天结束后，树和野草都匍匐在他脚下，因为他爬到了山上，山是大地的烦恼，怎么都不会消散。他是烦恼上移动的突起，仍然新鲜，却因过于凛冽的光照而越来越坚硬，他知道水汽里将要分离出冰晶，就像是只有从无根的生活里才能萃取出最为璀璨的记忆，他知道自己捏碎的是什么，苍老的人变得轻盈，是为了起飞。

终于,大家都明白了

那不是岛,那只是河里的石头,露出水面的斜坡上有时会有海鸥停留,水面下那个并不遥远的世界,只要纵身一跃就能抵达。我跟着朋友爬到山顶,我们吃了新鲜葡萄也喝了葡萄酿成的酒,她们说山下的河里也许住着蛇颈龙,我们排队跳到河里的石头上也许能惊醒神灵引发风暴,膨胀的河流也许能吞没我们喜欢与不喜欢的生活。我从山顶望向来处也是去处,城市的灯火也是一条河,那里漂浮着许多许多墓碑,墓碑是一些刻了名字的石头。

转生秽土

皮埃尔最怕下雨，雨水冲刷脸上的油彩，把五官溶化成苍白的流光，每个人的脸都是漂浮的调色盘，每个人的挣扎都被雨水打回原形，每个人都狼狈得像是他们想要视而不见的皮埃尔。

皮埃尔应该最爱下雨可他还是害怕，害怕被雨水所膨胀的河流爬到岸上来，像不再压抑自己的女人那样挥舞着全部的手臂和腿脚，贴地的帐篷被淹了，继而是桥块的山茶花树和城堡前的旋转木马。

皮埃尔不会游泳，他闭上眼睛在水底走路，水抬起他的手臂和腿脚，撕碎他的血肉和骨骼，又把他和更多人的碎片揉成一团，揉成不甘心的女人艾琳娜，艾琳娜只在雨天发疯因为她就是河流以及河流吞噬又呕吐的苦。

纵身

无论河边的帐篷，还是帐篷边的河，哪里都不是我的家。
无论出生前的悲欢，还是死后的离合，怎样都不是我的人生。
上辈子的我可能是一条即便入夏都难以解冻的河，
来世我要披着帐篷从云端往下跳，为了遇见离群的鸟。
描摹什么都没有用，那些人只想听见他们想听见的，
说了就说了，蹲在帐篷里对着河流吹口哨至少能干扰夜的气息。
我不再回忆过去，回忆就像肮脏的冰越积越厚却还在流淌，
也不再畏惧明天，明天是我与粉身碎骨之间越来越短的距离。

醉拳

她把两颗松果放在我掌心，邀请我去她家，满脸皱纹却眼神清澈的她可能只有五岁，也可能已经活了五百年，我听不懂她操持的语言，却跟她坐吱嘎作响的单人电梯去楼顶，对，那里不是顶楼的保姆房而是楼顶的嘉年华。

她的家有铺着天鹅绒的沙发和悬挂丝绸帷幔的高架床，有堆满画册的核桃木书桌和被香水瓶淹没的梳妆台，有钢化玻璃铸成的鱼缸和监视屏幕里的街景，却唯独没有屋顶和四壁。我的肩膀上落满细雪和星光还有骨灰，她骑着呼啸而过的风来咬我的耳朵继而是嘴唇，这里很高所以谁都看不见发生了什么，除了天上翻滚的云层和云层之上隐身却无处也无时不在的宇宙。

她想要把我扔出去，看我或许向上升腾或许向下坠落，可是她只有鱼的记忆和蒲公英的注意力。我说看呐，玻璃缸里醉醺醺的雀鳝鱼吃掉了小金鱼的尾巴；我说听啊，楼下花圃里的蒲公英从下一个春天送来最诚挚的诅咒：松树都被砍倒了，松鼠都烂在土里了，脑子里的松果体都发疯了。

望进风里的眼睛啊……

八岁那年，皮埃尔抽签抽到了某个地名，他不认识那个单词，至今都不知该如何发音，也无法在任何年代的地图上找到那座城市或村落。出于沮丧，他在大厅角落的长椅上慢慢地坐下，用一侧屁股压住一条蜷曲的腿，这是一种自我镇定的方式，能够有效地温暖自己。有人在他头顶说话：那其实是新建的气象站，也可以被称作天文台，或者是海洋、冰川和山脉观测点。去了那里你想干什么都行，只要不把房子烧掉，当然也不能杀掉已经在那里服刑的流放犯，你们只能和平共处，学会相爱，共建文明。

是谁曾经训诫年幼的皮埃尔，他已经不记得了，当时的他根本就不敢抬头，但他还记得那个声音的质感，仿佛水流裹挟着冰凌冲刷巨大的卵石。他跟随人群去山里徒步的时候差点失足滑进河里。春天还没结束，他就要离开这里，虽然这里短暂的居留不值得眷恋。命运为他安排了未知的远方，他将继续成长，墨绿色的袜子早就被大拇指戳穿，军绿色的裤子越来越短，草绿色的头发在阳光里爆炸，遇见雨水就要收敛成盘踞的蛇。他来到这里的时候拖着两只箱子，那是前一个中转站分配的公共财产；他搭乘叮当作响的电车去火车站的时候还拖着那两只箱子。空的箱子虚张声势地挡在他面前，他伸手摆弄箱子上生锈的锁，对啊，他从未试图开锁，所以，箱子里的秘宝也好，精灵也罢，甚至只是虚空，都与他无关，他只是需要拖着什么、怀抱什么、举起什么，不能两手空空地去到那个有没有名字都无关紧要的地方。

望进风里的眼睛啊……

十八岁那年，皮埃尔坐了一整夜的火车，从中转站去下一个驻扎地。确切地说，他坐在两只深深塌陷的行李箱上，它们在他悄然生长壮大的身躯下吱嘎作响。他瞪大眼睛逼自己保持清醒，周遭的陌生人都已经入睡，流着口水打着呼噜凭空挥舞着拳头。火车在铁轨上摇摇晃晃地前进，他困倦极了却不敢闭上眼睛，唯恐被竭力维护的现实因为自己的丝毫懈怠而再次崩溃。"那不是你的错"——很多人对他说过这句话，在过去和未来，就像是往投币机里扔轻飘飘的、会在玻璃槽里翻滚成一团银光并嗡嗡作响的硬币，正面是或男或女的头像侧影，反面的鹰也许能变成狮子还有白熊，他总能打败那些动物，吐出那些硬币，拒绝那些人并不虚伪的善意，那么，谁来裁决我的错呢？哪怕我唯一的错就是想要抓住那注定化为灰烬的一切。

车窗外的天幕由墨色转为靛蓝继而被丝丝缕缕的暗红爪痕撕破，晨光如洪水猛兽般冲向铁轨旁的稀疏树木，它们挺立着细瘦的身躯，像是一群在寒带艰难生长的孩子，提着箱子挤过半睡半醒的人群下车的他就是这群孩子中最为孤单的那个，被连根拔起，被抛向远方，被告诫要在一夜之间长大，虽然这一夜可能比几千年更为漫长。人群散尽后，他还在车站前的长椅旁伫立着，双手紧紧提着箱子，承担着它们和虚空的重量。

长椅上有东西，那不是匆忙中遗失的，也不是为谁刻意准备的，那是用手帕包裹着的奶酪和苹果，他弯下腰查看这些微不足道的食物，却并没有带走任何一样东西，他的手根本就不曾离开两只陈旧的箱子。除了它们所象征的奔波于世的职责，他原本就没有什么属于自己的行李。两只半空的箱子和里面的衣裳还有书籍都是在陌生人之间流传已久的公共财物。在借来后又被归还的小说里，他读到过只携带牙刷旅行的英雄，却不理解为什么要把这种耗材当作随身物品，他每个月都在不同的便利店购买牙刷。他当然不是英雄，就连看到野猫打架都会躲得远远的，甚至没有勇气去触碰无人认领的奶酪和苹果。

人烟稀少的地方显然不太可能物质丰富，或者说，寒带的一切都有种小心翼翼的气质，他确实饿了，但叠放整齐的手帕让他不敢伸手去侵犯，他不敢越过任何界限，不敢搅乱自给自足的氛围，那方黑白相间的手帕是深渊上的迷雾吧。白底绣着黑熊，或是黑底绣着白熊，是谁把现实中的黑熊或白熊囚禁在二维的平面里，是谁至今都不曾朽坏的奶酪和苹果安置在车站长椅上，仿佛知道这里人迹罕至，而侥幸到达的人无力接受叵测的善意。

在我们出生之前，世界就已经毁灭过许多次。
世界与我们一同生长，犯这些注定被重复的错。

皮埃尔从未厌倦过自己的工作，原因很简单：从被派遣到被调离，每份工作都很短暂，从几个月到几年不等。他观测过气象，推衍过星相，在城市中心的纪念堂里擦拭过肖像，也给讲故事的人做过笔记员。哪些人的肖像会被保存下来呢？他询问前来观瞻的市民。当然，各地市民也都是轮换的，每个人在每座城市的逗留都是短暂的，这个世界里没有谁会

望进风里的眼睛啊……

在任何地方对任何事物心生留恋，留恋是毁灭的前奏，人们只能去匆忙变迁中寻找平静。所以，肖像所呈现的是不存在的人：她们微笑，她们蹙眉，她们宛然生动，她们庄严肃穆，她们是漂浮在现实上方的完美。他的工作是每晚用黑白相间的手帕擦拭镜框和玻璃，他还必须仔细检查去除了镜框和玻璃的画布。画中人并不是静止的，下颚连接脖颈的地方总是会莫名其妙地弥漫起黑雾甚至生长出肿块。他只能戴上厚厚的塑胶手套去撕扯那些东西，它们有的冷得刺骨，有的灼热难耐，时而坚固如金属，时而化为蠕动的奇异生物想要逃脱他的巡视。他的工作是捕捉并清理它们，这看起来不算艰难，却把他折磨得肩酸背疼。

工作手册上说那些东西是活人散逸的灵魂，是坏的情绪和恶的心思，用手按压就会消失；那些东西里也会夹杂着不肯消解的怨鬼，就像是不溶于水的药粉，无论他怎样用力搅拌都能恢复原状。他推着巨大的铁皮罐子收容形形色色的灵与鬼，每天清晨会有巨大的集装箱车来运载它们，它们会被填埋在哪处山谷？工作手册上没有答案，他甚至怀疑铁皮罐子里的东西会被拖到闹市释放，回到现实生活中、人群汹涌里。核废料的半衰期可能长达几十万年，那么，作废的人有多长的半衰期？假装已经摆脱了各种不完美并且热衷于创造更完美的肖像的人们啊，在狭小的公寓房间里往行李箱里塞满糖果和内衣，他们要赶紧离开，赶在水壶里的沸水鸣叫之前，赶在升温的爱化作仇恨之前。

皮埃尔没有爱过谁，他还年轻，二十八岁，或是三十八岁。年轻时怎样的岁数都没有太大区别。人与人之间的亲密关系并没有被禁止，因为亲密关系不可能被维系。他读过爱情小说、探险小说还有乌托邦小说，他也曾经为两种讲故事的人工作，但这两种人都不会创作虚构的小说，他们只讲述故事，已经发生的事实。小说不属于这一次的文明周期。"每一次循环都不尽相同"——这是记忆博物馆门前的碑刻。讲故事的人不是自欺欺人，就是自伤伤人——这是他把蛋奶酒混着黑咖啡当作止咳糖浆吞咽时所获得的领悟。他去过很多地方，做过很多工作，与很多人跳过舞接过吻甚至一起生过病。

他在游园会上见过巨大的白熊投影。孩子们大多用手掌遮挡自己的眼睛。有人哭着说白熊的真身不过是玩具可以抱在怀里随意撕扯，也有人笑着说玩具的原型是真正的白熊会把我们大家撕扯成肉条吃掉。他不记得自己做了什么，他可能在吃棉花糖，至今他仍然不明白棉花糖有什么特殊含义。但是，当时的他知道，自己其实很想同白熊分享棉花糖。棉花糖不是棉树开的花酿成的糖。可是有人假装故事是可以种植的，她们用蔓藤缠绕枯木，在蔓藤上挂满彩灯，为了让自己能够在推窗时望见虚妄的美好。还有人坚信故事是可以收割的，她们从天生花朵里提取毒素混入饮料，这样，胆怯者即便躲进宿醉都逃避不开刺骨的痛苦。讲故事的人都是不幸福的，因为棉花早就不再生长，而棉花糖是被惩罚的孩子咬在嘴里的钢针。

他含着糖，他咬着针，他说话口齿不清因而被人嫌弃，他擅长倾听却从来不给反馈。他谦卑而忠实，像条影子，他

望进风里的眼睛啊……

可以成为任何人的影子。隔壁的公寓里，住着一个自命不凡的女人。他有时候会去城市边缘的高塔，那里关押着另一种讲故事的人。他悄悄地敬畏着隔壁的女人，他不敢使用怜悯这类轻飘飘的词汇。她面容凶狠却用甜蜜的声音同陌生人说话，喜欢以轻盈的姿态跳来跳去却只能拖着一条瘸了的左腿。邻居们说她摔断了腿是因为唱歌时太过用力地推搡露台栏杆以至于掉进了楼下的灌木丛。

他刚搬来时与她礼节性地交换过糕点，她的眼睛向右上方斜望，告诉他采摘蓝花是多么艰难的征途，后来她的使命清单里又增添了刺杀恶龙，再后来她绘声绘色地向他形容派系斗争如何毁了革命者所追求的乌托邦。邻居们说她其实从来不曾离开房间，那里不分昼夜点满蜡烛和薰香，邻居们还说自己也经常因为太过用力地推搡露台栏杆以至于掉进了楼下的灌木丛。这些频发的事故应该是真的，因为楼下邮箱里塞满了提前搬迁的通知。邻居们把自己的失态归咎于疯女人吟唱的歌谣，他也的确听见过零零星星的音符和词组：望进风里，眼睛，望见了……望见了什么？他发现自己骑在窗台上，模糊的视野里浮现出城市边缘的高塔。

另一种讲故事的人为这场文明或野蛮保存历史。他真心地怜悯那些人，她们能够继续存活完全有赖于高塔，她们自愿搬进高塔接受囚禁，这样即便暴民把铁链扔上铁栅攀爬露台也会被热油和烈焰击退。他不敢使用畏惧这类轻飘飘的词汇，对，就连敬畏都变得轻飘飘的。所谓的暴民是被讲述的故事里的人物，与讲故事的人既亲近又陌生，讲故事的人每整理出一段情节就会被看似亲近的那些人的残忍吓得发疯，讲故事的人想要远离这一切时只会对这个总是合情合理的世界感到由衷地陌生。

他还年轻，二十八岁或是三十八岁，还可以把瘸腿或不瘸腿的女人扛在肩上彻夜跳舞再去城墙外为叛逃者放置捕兽夹和十字架。他却做不了讲故事的人，因为承受不了太多的悲哀，悲哀是直接应对丑恶的情感，他宁可仰面朝天去追寻风云的变幻或是计算恒星的轨迹，人类已经灭绝了无数次，但在迎接灭绝的日子里，讲故事的人还在激怒那些伤害她们的暴民。那是嗜血的爱人、贪婪的母亲和用仇恨填满深渊的开拓者，那是日常生活里无法被真心歌颂的，也是被讲述的故事所不能彻底揭示的。每个人的记忆都是一座无限庞大的博物馆，每个人的记忆都与无限庞大的人群相通。

世界只是一个没有结局的故事，故事已讲完。
人们讲完了故事，围坐成一圈，慢慢变成石头。

皮埃尔其实并没有名字，他只是很多块石头中的一块。皮埃尔可能是每个人的名字，石头上生长着苔藓正如石头里沉睡着叹息。皮埃尔走累了，在街边花圃的台阶上坐下来，从外套口袋里掏出气球，吹，把叹息吹进气球，看气球渐渐膨胀，再透过半透明的红色气球，用视线捕捉正在街道上空游泳或是睡觉的白熊。他决定忘却黑熊，黑色太过沉重，难以悬浮。白色象征着清除，毁灭后才有新生。白熊遇见企鹅时会交换怎样的冰晶，而白熊和企鹅都无法存活的热带真的存在吗？被灌醉时的幻觉来自大脑的自我摧残还是天使正在修复败坏的世界？

他眼前的白熊异常巨大，与公交车重叠的时刻，白熊的体积填满了所有的乘客和空白，然后，也许是遭遇了不可见的洋流，白熊忽然漂起，穿过桥块的啤酒广告牌又擦过办公楼的顶端上升。它会撞上月球并改变真实的潮汐吗？它会飞向拥有别样自然法则的星系甚至宇宙吗？这些问题的答案显然是否定的。大家只是假装相逢于同一个空间，同一个空间本就能容纳无限的维度，比如时间、人生还有须臾悲喜。

吹气球的他又累了。这里的陆地也许曾经是海洋，这座城市也许会在某个陌生人醒来的瞬间跟随整个世界灰飞烟灭。他驼着背坐在街边花圃的台阶上，双腿叉开，用左手虎口攥着一只漏气的气球，意识到自己什么都改变不了。望进风里的眼睛有很多双，是谁在打量他，就像他眺望着子虚乌有的白熊？他的头发很短，胡茬很硬，脸色很糟糕。他刚做了一个重要的决定，离开一些微不足道的人和事，不，早已注定的一切向他展示了自己，人们总是在成为朋友之间就分离，每个人都只能为自己的愚蠢负责，就像每只白熊都有自己命中的海洋，而没有一只企鹅能够活着爬上猴面包树。为什么嘲笑才意味着宽容，愤恨是最真实的能量，眼神坦白其实与残忍与否无关？每个人都只能学着适应颠沛流离，因为，一旦停下来，无数次循环里的往事就会找到他们，摧毁道德和规范，裹挟他们如同水流冲刷历历卵石。

他可能没有名字，也可能叫作皮埃尔。他已经把残存的善意都吹进了气球，变得很轻，可以起飞。

五十八岁那年，皮埃尔忘记了如何直立行走，他只会漂浮。他并不确定自己是否还活着，却可以选择什么时候起飞，离开这张太过狭小的床，穿过被清晨急雨打湿的街道，去树梢上的鸟巢里翻检玻璃珠和蜗牛壳。但是从睡梦中醒来的那个瞬间是他所不能控制的，就像出生，或者死后的重生。花开和花谢有什么区别吗？月升和日落虽然并不重合却占据同一块天幕。他记得自己昨晚喝了很多瓶酒，亲吻过不计其数的陌生男人和女人，被鹅卵石砸中脸颊、左额角和后脑勺却没有流一滴血。他的嘴唇因疼痛而抽搐像是火焰里次第萎缩变黑变灰的书页，他用多少张嘴念叨着书里的预言而所谓的预言可能只是事后的记录？多少辆火车正在穿过被凿空的山脉运送生灵和亡魂？昨晚之前堆积着多少个类似的夜晚也是害他疲惫不堪的无解谜题。

如果持续飞行，他或许可以退化为咖啡表面的热气，在黑色液体的表面俯身查看自己的脸，那也许从来都只是没有五官的苍白氤氲。为什么没有人因惊奇或恐惧而尖叫？为什么看起来像是人类的生物正在湿漉漉的光里融化？

为了从一片沼泽去到另一片沼泽，他必须学会跨越虚空。他抱着厚厚一摞裁决书，把黑框眼镜扔向盘旋在空中的四脚蛇。裁决书的字里行间被人用另一种颜色的墨水填满，文字里还有隐情，沉默的喧嚣震耳欲聋。他把纸张贴在脸颊上想要读取什么，可是那些并不构成故事。他所面对的，是善人的恶行，空的靴子和没有身体的断手，链扣断裂后锁不上的门，被虫病腐蚀镂空的月季叶子，审讯者早已离开，地板上的光斑和水斑混在一起直到蘑菇撑爆了行刑队的枪管，可是枪原本就是用来采摘蘑菇的，蘑菇是过往的世界被摧毁后残存的碎片，未来是另一片沼泽，他已经忘记了如何直立行走，在水平方向上伸展开四肢是非常耻辱的动作，这意味着虚空已经侵入了头颅。

我们的眼睛还在，是为了望进风里，
我们的敌人是时间，连风都吹不散的浓烟。

他的敌人是时间。时间的真相是：我们反反复复地犯错，想要悔改，身躯越来越重，头脑却越来越空。一个人和一群人有什么区别吗？一场文明和无数次循环往复有什么区别吗？皮埃尔从事过许多职业，其中甚至包括角斗士，他的对手是时间，时间只是幻觉，我们却无法战胜这最为虚妄的敌人。这个世界还保存着帝国的历史吗？那么它的心脏该是同时养殖着犀牛和白熊的斗兽场吧。如果这个世界是乌托邦，高大的纪念碑上所镌刻的是哪些平凡英雄的事迹？再也许，皮埃尔与身边尚未彼此熟悉就要回归陌生的人们其实生活在某个神灵的梦境里，只要祈祷足够虔诚，游乐园里的过山车和碰碰船就不会太快地消散在风中。可是，谁都不知道，自己到底身处于哪个世界。

世界太多，我们太渺小。

皮埃尔也为讲故事的人做过书记员，所以懂得，不要高估讲故事的人的能力，或者说，不要高估故事本身，这与任何人的能力都无关。有些故事跌宕起伏，却毫无头绪，所谓自然而然就是谁都不知所以然。有些故事直奔主题，仿佛刚出生就停止了呼吸的婴儿，训诫却明白无误。讲述故事的人改变不了什么，她们的呼吸是须臾即逝的雾气；记录故事的人掌握着修辞，却无法为隐入虚空的画面添色；接受故事的人更是与这一切无关，她们睁大眼睛望进风里，可是风是没有形状的，只有被风推动的角斗士用盾牌遮住自己的脸，假装在寻找看不见的敌人。

对，他只是在假装。他只是真的害怕。

恐惧咬住他的指尖，再沿着指节攀援而上舔舐掌心和手背，他的手腕上缠绕着恐惧的气息，那是白蜡、铁屑和被碾碎的桦树皮的气息。他闭上眼睛，用摆脱不了恐惧的右手五指撕开左手手腕上的皮肤和血肉，再用只剩白骨的左手脱卸右手，仿佛那是只早该被废弃的手套，他把自己双手的皮肉陈列在盾牌上，再对着当头直射的烈日查看赤裸裸的双手白骨，觉得它们清洁锐利并因此而满意。你是个八岁的孩童吗？你是个八十八岁的老朽吗？你戴着多少副手套？你也许只是一层又一层的人皮灯笼？你梦见的世界也许只是一只空心的洋葱或者橘子或者酒瓶？他的敌人就是时间，他的敌人随时都可能显现但他已与恐惧达成妥协，他的敌人随时都可能把他抛进太多太多的人群和世界，就像那首歌里唱的那样：望进风里的眼睛啊，望见了……望见了……

我很难受，我可以呕吐吗？我可以用清洁锐利的白骨捂着自己的脸颊吗？

皮埃尔老了，但他还在工作，他前所未有地依赖着自己的工作：给植物浇水，给树林除虫，在实验室里饲养被重新编辑了基因因此不再会啃珍贵木材的蠕虫，在各种实验室门前用催泪瓦斯驱赶为抗议而抗议的人群，去荒地里开采岩石为了建筑越来越多的高塔守卫仍在蔓延的城市，有时候也去加入在高塔下唱歌的暴民，暴民才是活着的常态，她们甚至发明了与现实背道而驰的神祇。她们唱道：耐心等待，耐心等待。直到我们已经忘却自己还在等待，直到耐心变成纸屑捏成的小球，在山脊上顺势滚下又被风推上山坡。

然后呢，然后一切都会慢慢变好，或是慢慢变坏吗？反正喝醉的人分不清好坏而在诸神面前点火的人分不清蜡烛和炸药。我们在哪里醒来重要吗？发狂的人精心挑选她撕咬政敌时与信仰相得益彰的唇彩，谨慎度日的人饿着肚子刷牙却遮掩不住口腔里的酸臭，母亲捂住幼儿的眼睛耳朵却不是嘴巴只为教会他们吞咽和诋毁。一切都不会慢慢变好，或是慢慢变坏，好与坏是镜子里外的虚实，它们并无分别。那个正在变成石头的人跪在冰面上拿斧子磨自己的膝盖，他着急了会拿斧子砍生锈的膝盖，他已经忘却自己什么时候装上了吱嘎作响的膝盖，他向冰湖对面的空地喊叫，仿佛那里有人群、城市和神殿，他挥舞着斧子保证不会放过我们每一个人。

有个声音问他：皮埃尔，你最害怕的是什么？

用斧子撑地的手微微颤抖了一下，他却并没有停下脚步。向上还是向下，靠近还是远离，他酸痛的肌肉并不在意，大脑也不过是块酸痛的肌肉，他的脑海里浮现出各种答案：我怕，我怕得要死；我怕付出的爱被人践踏，付出的努力无济于事，付出的金币换不来隔夜的红菜汤和黑面包；我怕膝盖骨里嵌满子弹和别人膝盖骨的碎片，连绵不绝的店铺被点燃后摇曳的火焰和悠扬的哭泣同样连绵不绝，被推倒的雕像脸上仍然保持着被阳光照耀时的餍足笑容；我怕自己和他人脸上的溃烂，厌恶为溃烂贴金，更痛恨为了掩饰溃烂而去戳瞎所有人的眼睛。

可是，他忽然在盘旋的山路上停下脚步，松开被紧握的手掌让掌心的灰烬被风吹散，在半空中陷入让四肢瘫软的沮丧：我养过一盆植物，它是在一年内完成生与死、怒放与枯萎的蔷薇，我知道什么会发生，享受过它的鲜艳也拾掇过回归土壤的灰黑，甚至已经在花盆里为下一年埋下了种子，但已经发生的已经发生了，我也曾经试图学会拆解世间的颠倒梦想与幻象，可这一切让我害怕，怕得要死，怕得可以从头顶开出花来。

望进风里的眼睛啊，望见了这个世界的悲伤，
消失在风里的眼睛啊，带不走它们望见的一切。

第二辑

艾琳娜遇见了艾琳娜

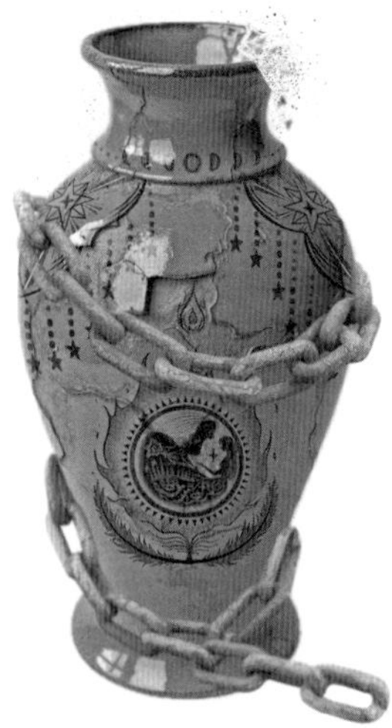

艾琳娜皮肤黝黑，头发雪白

她坐在马路中间，临时搭建的凉棚下，弹一架油漆就快掉光的旧钢琴，风很大，蜜蜂不能接近开得太早的山茱萸花，马路另一头的酒馆里外都挤满了跳舞的人，但是她在弹另一首歌，一首除了她自己谁都听不见的歌，她的头发在风里散开，如果头发能够离开她的头，像蒲公英的花萼那样，未来的很多个四月里，会有更多的她生根发芽占领这座小镇吗？不要害怕，她也不知道自己边弹琴边对谁说话，大家都在这条街上等待日落，谁都不会连累谁，接下来的漫漫长夜可能会下雨，也可能会有燃烧的铜从天而降。

冰雹停息之时

这里随时会下冰雹，清晨、正午或深夜，无论阳光明媚或是星光璀璨，都抵挡不住突如其来的狂风骤雨，从高空向人间投掷的冰雹砸断了树枝，洞穿了屋顶，敲响了铜做的丧钟。我们可以忍受无趣的人生，甚至开始编造滑入死亡的秘密甬道，却不想顶着脑袋上明晃晃的血窟窿去死，我们躲进地下岩洞，点燃鲸鱼腹部和自己腿里的油脂，又吞咽下太多烈酒以至每个人无论清醒或是昏睡都痛得痉挛。我们挥臂，我们跺脚，我们像冰雹那样愤怒，我们也可能只是在跳舞，我们举起艾琳娜让她光着脚踩我们的肩膀和手掌，让岩壁上滴落的血在她血淋淋的头发里消失。我们哭着膜拜她比空气更稀薄的身影：艾琳娜，艾琳娜，外面的冰雹什么时候才会停？艾琳娜的声音像是血窟窿里爬出的白蜥蜴：三百年，三千年，三万年？冰雹终究是要停的，因为天上终究是要落下沸铜的。

不想扎根的三色堇

我想要往前走,去罗马尼亚、
保加利亚或者阿尔及利亚。
那都是些什么地方呀我怎么知道,
我想要往前走,却拖不动自己的身子,
插在土里的花懒得开放更不用说费力讨好谁,
它们是否还活着,要等到化雪后的春天。

我在过期杂志上见过罗马尼亚姑娘,
她们的蓝眼睛比耳环更闪亮,
我跟保加利亚姑娘在湖边一起喂过鹿,
她们把花手绢缠在银镯上,
如果能够往前走,我要向阿尔及利亚姑娘乞讨,
她们举起薄荷叶遮挡过于奢侈的阳光。

带我走吧……过路的姑娘们……
你们都是自己把自己当成孩子宠爱的小妈妈,
你们拆散了地图上的线索和帝国的城墙,
来呀把我拔起来,我不会跳舞,
但你们揪着我的长发就像是拉弓啊射箭啊,
往前走啊,去眼睛望得见的星空和望不见的虚空。

重生

被辜负了，即便只是在梦里，也仍然真切。
她的孩子们有摇晃在风里的卷发，
她给我的圆形东西也许是镜子或扇面，
我脚下的台阶通向巨大的回廊。

我们都被困在这座宫殿里，
是谁，趴在穹顶上偷窥这里的升降，
升起的，是悬空的葡萄藤，
降下去的，是我们血管里的水银。

她答应过什么，我已经想不起来了，
手里曾经有过什么，触觉并没有留下记录。
离手的礼物命令回赠，她在槲寄生
缠绕的窗棂下拦住我——为此，我只能摔碎

她给我的圆。不是的，不是这样的，
爱不是循环往复的平稳，被困的孩子
拍打着墙壁，他们急于出生，渴望陷入
更宽广的困境，为了摆脱这里的温暖和潮湿。

吃掉自己的橙子终将在旅途中复活

我们来吃糖,转着圈吃糖,像蚂蚁奔向毒,花栗鼠膜拜着火里燃烧的手,不曾爱过的人欺骗自己说幸福就在路的尽头。海的颜色正在变暗,浪尖的光比悲伤更细碎更令人消沉,糖正以同样的形态腐蚀我们的脚趾,我们甚至不能走到栅栏的另一头去裁剪枯萎的花茎。是什么跌倒了并流淌出橙色的橙肉,奏响橙汁流淌的琉璃世界;是谁被石头磕破了额头,却只能呼唤自己的名字仿佛那是驱魔的最后诅咒。

地球不够宽敞

我们去太空里跳舞,我们尽管睡觉,让手脚自顾自跳舞,那里不需要声音和交谈,水珠悬浮正如悲伤完整,发光的星球看起来比水珠更微小,所以,指尖轻点就能推开整个世界,都飘走吧,跳舞的人全都闭着眼睛,我们摸不到彼此,也并没有影子像锚固定帆船那样牵扯着身子,骨头正在变长变软,血流停滞甚至逆转,我们存在之前和之后的生命都在跳舞,这样,我们才能放心去死,放心吧,把心放下来吧,像撕开蛛网那样,让被困的飞蛾消失于火。

第四个人

我对她说：还有第四个人。我想要从这里搬走，你的孩子们扛着斧子去砍一棵开白花长红叶的树，他前世是石头下辈子会成为撞击水中石块的冰块，但是，还有第四个人。我可能不懂什么是宇宙的法则，我甚至不明白一二三的后面跟着零还是四。零的美妙在于我远离你和你的孩子们，你在楼梯拐角用力推倒他好像一尊神像，而他隔着海洋和陆地冲我怒吼，这一切构成了闭合的圆圈，零无须走神因为神游没有出路，除非，还有第四个人。阳光无须借助障碍物而投下阴影，阳光的内核本就是最黑的暗，我们三个紧紧相拥瑟瑟发抖，我们都渴望的热，也许就是那第四个人，也可能是第四人掌心尚且微渺的恶。

合欢解忿

她梦见自己在旅行,岛屿是陌生的,红皮肤的巨人用彩虹从池塘里吸水。她觉得渴,身体里的婴儿正大声啼哭,那不是她的婴儿而是仍然保持着婴儿形体的她,就像果肉里藏着果核,寓言里包含着寓意,你会说这是多么拙劣的模仿,我们终究掌握不了任何奥秘,是吗?我们该怎样相爱,就像她与她身体里的婴儿那样挣脱不了彼此,她们在旅行,她们梦见化作羽毛的天花板和比云更高的蒲公英……

告别宴

艾琳娜整夜都在跳舞,她太热了所以扯掉了裙子,露台下的河流被黑暗吞噬又爬了出来,撒进河里的香槟已经抵达了近海还有远洋,太多忧愁只能燃烧,艾琳娜的橘色长发是她甩不掉的衣裳,是谁离开是谁留下又是谁去了城市另一头取来一串钥匙,艾琳娜说谁都没病,被敲碎的铃鼓和被掰开的巧克力都漂浮在人们肩头,安静的时刻不是太少而是太多,艾琳娜与跳舞的每个人接吻,她的舌苔上有个盘旋的黑洞。

降临之前

不能停下来,被风冻结成雕像不是好的命运,但如果继续挣扎,血里的炸弹就会爆发,我知道你不想留下痕迹,可粉身碎骨意味着到处都是你的痕迹,这也不是我想看到的。我的瞳孔里戳着一把刀,你不必攥着刀柄旋转,更不要跳起舞来,裙裾曳地不是为了被踩踏的,星花玉兰是已经被冻结成雕像的人群。保持距离很难很难,你却必须做出选择,远离我就能把自己嵌入完美;远离她们,你得到的是我的名字,我的名字是毁灭。

姐姐，不是所有的艾琳娜都是一个样子的

弟弟，不是所有的米沙都是一个样子的。你知道应该在什么场合承认自己的渺小？在上帝面前，在智慧面前，在美面前，在大自然面前，但不是在人群面前。在人群中应该意识到自己的尊严。

——契诃夫

你好吗，你还好吗？你看起来很累很沮丧，你可以拉着扶手或吊环，但你只是斜着身子用自己的重量去压迫打不开的车窗。难道我们不应该在陌生人面前站直或者坐直吗？无论是否被注视，我们都有必要保持眼神平和并嘴角上扬，可你却肆无忌惮地满脸惊恐。孩子们瞬间老去并且不知道自己的尸骨仍然在座椅上打闹，陌生人彼此搭讪后在各自的肺腑里挖掘却怎么都找不到成型的仇恨或爱。我们都搭乘这趟车，出发地下着雨可是车子开去的远方也下着雨，车子里烧着小小的火可是车外的世界哪里都烧着或大或小的火。你好吗，你还好吗，我可以坐到你身边告诉你吗，我看见你了，还有你看见的那些，这不是你应该独自承受的。

觉醒

总有那么一天，树会醒来，醒来的树拔起她们的根在山谷里走来走去，走路的树开始摇晃她们的枝条，枝条上的神灵被迫跳舞，他们遭受背叛却无能为力，神灵的职责是护佑沉睡的树，为此他们曾经命令所有的树放弃行动，神灵长着鸟的嘴和人的耳朵，所以鸟鸣是神谕而人能够听见这个世界的变迁却什么都不懂，醒来的树甩掉了身上的神灵，接下来她们要踏平城市，被踩碎的神灵变成风里的灰，被压进土里的人是爆裂的果实。

狂欢过后

在浴缸里消失,像盐溶化于水。
在开花的橡树下消失,
绿色的细蕊再也提不起小丑的笑脸。
在女孩手里的棉花糖后面消失,
她的另一只手死死抓着栅栏上的铁丝,
鲜血滴在鲜红的郁金香上,
多么完美的不分彼此,如同我的手探进镜子,
陷入你脸上那尚未被清洗的油彩。
在风中吱嘎作响的木桥另一头消失,
装满疯子和傻子的驳船在河心缓缓沉没,
可这同我又有什么关系,
哪怕他们仍然在航行又怎样,
我已经过了桥也过了河,故事的海
就是连眼睛都盛不下的海,
这么多的消失已经教会我不再害怕,
最后的消失并不可怕,你说呢,
狂欢过后拴在每个人脚后跟的铃铛艾琳娜?

那个寒冷又干燥的地方

光不仅有温度，还有湿度。这里的光总是很冷，蓝里带着丝丝缕缕的灰，像是一件穿旧的衣服，或者咳嗽着的婴儿。风慢慢地变得强劲，陌生的女人从头到脚裹着围巾自言自语，她在说些什么？她在说这里的光很冷，以致火烧着烧着就熄灭了，好在天还亮着，可是天亮着亮着就黑了，即便没有光，这里也是干燥的，溪流在树丛的那边，水里的光有时是破碎的但这真的无所谓，我打碎了玻璃却并没有受到惩罚，我的手指被割破了，血慢慢地盈满裂口并且溢出来，陌生的女人移开她的眼睛，她什么都没看见因为光正在破碎，树丛在风中簌簌作响，正在破碎的风把自己包裹起来成为疯。

蒲公英被吹散

艾琳娜遇见了艾琳娜,
她们坐在草场边的长椅上说话;
艾琳娜掏出一把苦杏仁和干奶酪分给艾琳娜,
她们身后太阳还没落尽月亮已经高过山巅。

艾琳娜说我在白纸上写字总是越来越倾斜,
艾琳娜说我喜欢的街道沿着河蜿蜒;
艾琳娜说我想要透过玻璃窗和雾气看见你,
艾琳娜说我整理花篮的时候被槲寄生刺破了手指。

她们的肩膀紧挨,脚却指着不同方向,
有些艾琳娜爱跳舞,有些艾琳娜烂醉如泥,
还有些艾琳娜戴上单片眼镜修理钟表。
时间是所有人的仇敌,每个人的死都注定孤单。

艾琳娜用嘴唇含住了艾琳娜的手指,
牛在吃草,风已停息,我们哪里都不去,
两个人一起认输才不会太糟糕,更多的艾琳娜
像漫天繁星那样照亮这溃败前的平衡。

热带生活

为什么我不能在热带生活，
夏威夷，苏门答腊，马达加斯加。
为什么，我喝多了酒就会头疼加口渴
像条蜥蜴那样把自己贴在地板上。
为什么我的头被扯下来没法再装回去，
或者再长出一颗没有记忆的脑袋。

小妈妈说，我们不能把血包挂在镜子前面，
就好像心地善良的人不该
在驴子面前挂上咬不到的胡萝卜。
镜子里面住着什么，妖怪的歌落在哪个音调，
小妈妈你为什么不肯告诉我，你把钥匙
丢进燃烧的火，可这钥匙本就不属于任何一把锁。

我知道热带有多冷，我知道
海淹没了星群而天空上的岛屿谁都到达不了，
不会变老的只有说完话就把嘴缝上的情人。
她是奶奶的妈妈，也是孙女的女儿，
她画栅栏后面穿条纹衫的妖怪，
没有头的妖怪唱着跑调的歌谣想要逃跑。

日历

羊毛大衣挂在门后的钩子上,
羊毛大衣披在她身上,
她走在雨里,去到河流拐弯的地方。
这里应该有一座桥,
桥上最好堆满空花盆,
看不见的黑郁金香是世界背面的秘密。

雨下得太大就变成了晃动的镜子,
她埋头再往前走,遇见了镜中的自己,
那个自己,好像是一头羊啊……
拐了弯的河流要去哪里?
是谁在逃避记忆中缠绕的手臂?
是谁在清点被水淹没的台阶和树枝?

她的头发蜷缩起来,
她的每根头发都在畏惧曾经的疼痛,
羊在雨里静止,羊也在雨里狂奔,
她躬身抚摸自己的脚踝,
她谁都不爱,那里的骨头刺破了皮肤
像钩子那样挂起越撕越薄的日历和她的生活。

史诗

他们说，总有一天，你会厌倦这些小女孩的把戏：沿着废弃的铁轨奔跑直到跳进河流，顶着烈日把自己裹在雨衣里跳舞，捂着耳朵和眼睛等待整个世界旋转起来。你还没搞清楚皮埃尔是父亲还是儿子，你爱他因为他骑车带你去集装箱坟场看极光，但那也有可能是你骑车带他去玩具工厂拼凑被冻掉的脚趾。你不是女儿或母亲，你是敞开的阴道所通向的宇宙，你总在劳动却什么都不创造，你不会因为流淌而丧失而归于沉寂。你说，他们都死了，你说他们都死了这难道不是美的本质？

谁此时不在燃烧就无从熄灭

别去想什么未来或者明天甚至下一刻,门和窗和天地都本该是敞开的,还没有穿上衣裳的人不是野人而是用每一寸皮肤体认世界的智者,我属于你不完美的身体正如你属于这毫无意义的美,房子在燃烧,带我们离开的车辆也在燃烧,看到了吗?我们想要泅渡的河流宽广得看不见彼岸,我指向彼岸的手臂也在燃烧,所以你要赶紧抱住这满怀的灰烬,你开始跳舞我就能飞扬,我开始悬浮你就能用血与汗与乳汁浇灌焦土。

隧道

路越走越窄，两侧的矮墙上爬满藤蔓，有花在开放因为空气变得甜而黏稠，但是我看不见它们，那可能是种绿色的茉莉，我想起来你的手指怎样与我的手指交织，我们都在睁眼梦见妈妈，变得茉莉花那么小的妈妈，成串的妈妈被佩戴在手腕上，是伸手挡住额头时的最后防线，道路还在向深处盘旋，狭长的光是当头砸下来的，我们都还完好，算了这里并没有留给你的空间，别再往家门前的邮筒里塞信，迷路的邮差被熊撕碎了，熊被我推倒在地碾平了，然后我就一直在走路，我要离开你，我要离开铃铛般作响的艾琳娜，我的心铃铛般作响歌唱着一个人的堕落。

Vanitas

艾琳娜，我的小妈妈，她好多年都不说话，像碗橱角落里的红色珐琅壶那样耀眼，却又沉静异常。我从不点火做饭，哪怕只是烧水，冰冷的液体在低处聚集，盈满浴缸、水槽和被皮肤封禁的血管，这里没有因沸腾而呼啸的气体，没有人从外面来敲门，也没有人从梦境深处向外挖掘。直到艾琳娜开口说话，她在说什么，她用汗涔涔的虎口钳住我的后颈，那也许是她仍然潮湿的嘴，她咬我，像搬运小猫的母猫。但是又怎样，我什么都不记得，本能又是什么，难道我应该放弃挣扎，做小妈妈的老孩子？我的脚腕盘旋，我的头可能已经沉没在腰间，我是餐桌上好多年前就已经燃尽的白蜡烛，我曾经照亮过的那些脸，都去了哪里？

王国与荣耀

公主老了,用舌头舔瓷器边缘,
面容纤长的狗正清理自己受伤的爪子,
忧愁,她想在堆积如山的落叶里

找一处可以用来枕头的斜坡。
爱人的腿根在爱人被烧成灰后是不可能幸存的,
她的忧愁源自忧愁缺乏容器,

盛放清水的豁口瓷器每一刻都在迸裂,
她靠舌头上的新鲜血滴养活自己,
她,披着黑色的羽毛大氅穿过人群,

白发里残存着棕与褐的丝绦,
她向街边火焰伸出缠绕珠链的手背
等待被亲吻,等待被延迟的暴风雪化作金丝雀。

罔两问景

有些人一辈子都不说话,
她们是不受污染的,
她们听不懂人与人争吵,
却能追随河流里卵石的迁徙,
日落后风向的流转,
她们点起蜡烛,让火苗
代替舌头耐心地舔舐这世界,
火苗被镜子送往远方,
就像是铁笼里穿蓝裙的公主
踮起脚想要逃逸,可是
万物都有关联,不受污染的人
也不会陷入遗忘,远去的光
与她们掌心的疼痛共鸣着,
星有相,地有形,
她们的身体里有王国之外的法则。

玩烟

她学会了玩烟，
其实她学会的是假装，
假装上升的是她托起的，
盘旋的是她指引的，
溃散的是她放弃的，
她也不过是命运的受害者，
却假装在烟雾缭绕中跳舞。

她搬去北方因为
那里就连呼吸都有痕迹，
她想要假装甚至无须点烟，
有人祈求幸福就有人满足于苟活，
趴在冰面上喘息能够吐出白气，
她伸出手指转着圈，
等着圈里的太阳变成月亮
而月亮长出挂满云母的犄角。

无生老母

我不知道自己是什么时候睡着的，时间也许并不存在，那是我们相爱的时候你说过的话，可我并不知道你已经离开了多久，你看，时间也许真的存在，就像那些，在我们彼此呼应的呼吸之间飘浮的荧光。雨还在窸窸窣窣地飘落，从夏天到冬天，总会有什么落在地上的，雨丝、松针和陌生女人的讪笑、讥笑和苦笑，你已经变成陌生女人了吗？你曾经是光脚踩在栏杆上跳舞的女人，在屋顶花园的边缘，在摩天大厦的顶端；你曾经是背靠着墙吸烟的女人，对蒙着眼睛的人群说：来吧，扔出你们的刀子，射出你们的子弹，送出你们的诅咒。你曾经拉着我朝着没有妈妈的方向奔跑，那意味着我们都不曾诞生而时间也许并不存在，我们不必哭着互相殴打，疲惫地睡去又醒来，慢慢学会庆幸于彼此的陌生。

雾与艾琳娜

我吃掉海边的村落
不发出任何声音,
我什么都看不见,我是雾,
我想要与叫作艾琳娜的女孩
触碰额头。她盘腿
坐在熄灭的火炉前编织毛线;
她走出厨房后门
去倒簸箕里的纸屑;
她撕下面包一角
擦拭画布上炭笔的痕迹,
她用身上的围裙去擦
但灰上加灰得到更深的沮丧。
她们都叫作艾琳娜,
我想要有多少块额头,
就能伸展出多少根触角分发安静,
我没有形状。我可以绽放出
无数嘴唇却不用来亲吻,
我也不喜欢手指和抚摸的轻佻,
我捂着太阳让它虚弱成
你无法投递的情书,
收件人都叫作艾琳娜,
世上叮当作响的铃铛艾琳娜。

熄灭的火

我的空箱子里装满了东西：喘息、思念和雏鸟的死，只剩影子的她，还有被她的眼睛所照亮的、长着三只触角原地蠕动的黑暗。

黑暗中她读信，陌生的语言骑着她的声音，就像疲惫驾驭了流速缓慢的血和骨髓，她从未停止呼唤，我只能锁上箱子再把钥匙扔进河里。

河里的倒影都是碎的，我可以留下箱子离开，沿河寻找暮光中萤火般闪烁的城市，可是她说：坐下来吧，静下来吧，变成抱着箱子的铁锈或是青苔吧。

夏天

五月清晨的露珠是危险的,不能光脚去触碰,如果不能穿好袜子再套上雨靴,皮埃尔就不该穿过草地去河边磨他的斧子,他的脚趾被冻得发黑坏死,他只能用斧子砍掉硬邦邦的脚趾,用它们标注日期等待六月来临。

六月的露珠变得甜蜜,艾琳娜从傍晚到清晨都烂醉如泥,清晨的露珠映射出她浮肿的脸和眼睛,战争尚未爆发,她已经失去爱人和孩子,她只能同每一个过路人跳舞,用偷来的斧子割下她们的乳房和他们的阴茎挂在晾衣绳上。

七月没有清晨更没有露珠,风起了又停了,雨落下来后地总会变干,人们都说七月是只透明却沉重的鸟,谁都不想它飞走,它的影子终将铅一样灌下来,铜一样砸下来,金子一样柔软又闪闪发光地蒙住那些绝望而又欣慰的脸。

雨说：我爱遥不可及的艾琳娜

每一场雨都是无数场微小的雨，雨点说：我只是我，我不知道身边其他雨点的名字和悲欢，我和其他雨点之间的空隙是干燥的，总有一些不连贯的时刻和不流通的空间来提醒我，你只是一场微小的雨，你终将粉身碎骨消失在地面。雨淋湿了谁并不重要，孤零零的你并没有足够的重量去填满掌心的沟壑，也没有足够的轻盈可以悬浮在眉眼的上方，你和谁错过了呢？你知道有无数场微小的雨被跳舞的人所卷携，那人湿淋淋的发丝也许各有各的名字和悲欢，可是你离她很远很远，哪怕她就是这场雨的涡眼。

坐船

我喜欢坐船的原因
很简单,就像你
记得本该被遗忘的前世,
而她不厌其烦地
出入一场场恋爱。
波浪如此动荡,
却又单调得难以置信,
是啊,我耗尽日夜
只为跟随波浪起伏,
舷窗外并没有什么改变;
海还是海,水还是水,
水上的鸟和水下的鱼
即便交换位置又怎样,
到岸之前,生活与死者
都没有明确的形状。
可我就是喜欢坐船啊:
波浪每时每刻都在跳舞,
波浪只是我们
对无数瞬息变化的误解,
波浪永远追逐不到的,是波浪。

怎样才能停下这辆燃烧的车

妈妈抱着我跳上了公交车，妈妈说我们去下一站买彩虹糖，公交车摇摇晃晃开在街道中心，夕阳照耀着街道两旁的店牌和路灯，后来阳光没了，霓虹灯管次第亮起像一连串不连贯的爆炸，妈妈说这就是彩虹糖袭击舌头的滋味。

可是公交车开啊开啊总也不停，三十分钟过去了，三小时过去了，三天过去了，三年过去了，三十年过去了，我们还在车上摇摇晃晃地前进，眼看着司机的双手只剩下白骨，方向盘上长满了青苔和藤壶。

妈妈又说，我们要去北方的码头，我们已经把多少终点站甩在身后，我们途经之地有多少村落陷入荒废，我甚至知道自己老了，死了，就连舌头都烂光了，妈妈却还在说更北更北更北，那里的码头有极光划破黑暗，更有树杪和发梢编成的小艇带人离开这忧愁的尘世。

我的妈妈眼睛明亮嘴唇鲜红，她抱着我就像是抱着一叠生生世世生生死死的幻灯，她逢人便说我的孩子想要吃糖，想要坐船，想要跳下这辆疯狂的车，它却怎么都不会停下来，怎样，怎样才能停下这辆燃烧的车？

最后的钢琴曲

从夏天到冬天又到夏天,
从破晓到日落又到破晓,
总有人来敲响街心花园里的旧钢琴,
是的,它还能发出声音,
正如那些人还能分辨自己的手指和铁钩。

可铁钩才是坠落时的救赎,
那些人都想抓住艾琳娜的裙裾,
如同酒鬼不肯松开空的酒瓶,
如同酒鬼执着于敲碎空的酒瓶,
敲碎装满怨恨的头颅,
敲碎每个人脚下旋转着沉寂下去的星球。

于是旧钢琴被教会了唯一的歌唱,
从夏天到冬天又到夏天,
从破晓到日落又到破晓,
有些事已经发生又已经被遗忘,
有些人爱着艾琳娜却再也不想见到她。

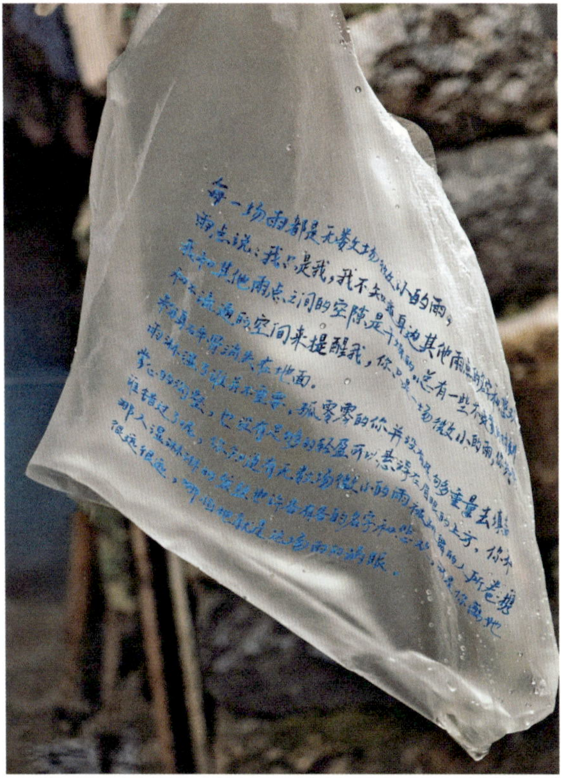

它不仅仅是温度，还有温度。
这里的光色是眼中，盐里带着丝丝
紫棕的灰，像是一个旧的家眼，罩着
⋯⋯⋯⋯，风情缓地变得沉闷⋯
⋯⋯⋯⋯从未到明亮的园中自言自语，
她在说些什么？她在说这里的光依旧，
以致火烧着⋯⋯⋯⋯⋯⋯熄灭了。

好在天还亮着，只是天亮着亮着就黑了
即便没有光，这里也是干燥的，溪⋯
树丛的那边，水里的光有时是破碎
但这真的无所谓，我打碎了玻璃
没有感到疼⋯⋯⋯的手指被割⋯
血慢慢⋯⋯⋯满裂口并且流出来，陌生
的⋯⋯⋯他的眼睛，她什么都没
⋯⋯⋯⋯光正在破碎，树丛在风中
⋯⋯⋯⋯破碎的风把自己包裹起来

翼手猿

启示

妈妈，你注意到了没有，如果稍微收拢嘴唇，当焦急的呼唤变成撕咬的呢喃，你就能变成妹妹。就是这么简单，就好像连接手指和腰肢的羽翼一旦被水打湿会变成鱼鳍，就好像长着胳膊却想要飞翔的人死后会变成翼手猿。

别跟我说什么进化或者退化，我从来都不屑于分辨梦境和现实的边界，我也并不在意你是谁、她是谁、我又是谁。我还能发出声音，可是声音和事物之间曾经存在过的联系都是早已被剪断的银丝，南方果真是地图上更靠近制图人胸膛的区域吗？地图果真是现实世界在头脑继而是白纸上的投影吗？而现实果真是我们的感官所能捕捉到的流变吗？

巨大的混沌是安静的，我们都是混沌妈妈的腹中胎儿。生是不着边际的，死是毫不费力的，生死是悬而未决的，杯子落地破碎之前那个瞬间的酒是最为甘美的。妈妈，你只需拍打手掌就能够惊醒那些被毁灭的妹妹，她们还没学会走路，甚至还没长出双腿，却突然展翅高飞或是潜入深海，从此获得解放。

她们获得了解放，落地的果实还能回到枝头正如忘记了如何相爱的血亲还能回到你，真空家乡的无生老母，无生老母梦见自己不是世间独一无二的妈妈而是抗拒重力和其他一切规矩的妹妹们。我知道，我和妈妈和妹妹都是彼此的情人。

归乡

从这个时代的地图上看,她要从北方去到南方。生活在北方时,去过南方的人这样告诉她,那里很冷,终年阴雨,道路和房屋上都覆盖着厚厚的帆布,南方意味着生活艰难,儿童瘦小而勇武,成年人没来得及衰老就会夭折,他们热衷于祭祀,以为充足的牺牲就能保证自己来世降生于真正的南方,真正的南方在过往时代的地图上,没有人去过那里,去过那里的人很久以前就灭绝了。出发来南方的前夜,她梦见自己杀死了两个孩子,就像从树上摘下绛紫和橘黄色的两朵兰花,这是太过微小的奉献所以没有神灵会垂怜。北方受到的惩罚是干旱,她不为任何人的命运负责却只能扛起铁轨来到南方,曾经存在过的铁路在旅行者身下蔓延,她却把铁轨和发辫编织在一起抛向天空,天上翱翔着绛紫和橘黄色的翼手猿。

启示

所谓现实,其实是以橘子为模型的,为什么是橘子?不如我们先来谈谈你是怎么来到这里的,这里是哪里,你想要给秽土还有我起什么名字。你是你的世界的创造者和最初造物,你所经过的山川成为以你的移动为方向的虹桥,你也许遇见过很多很多人但他们的瞳孔里映射着陌生的没有你的重重现实。此刻,我正萦绕在你指间继而耳畔,为我命名吧就像饥渴者剥开橘子捏破果瓣,点点滴滴的甜蜜汁水是魔法,也是你与我的相逢,世界与世界在细微爆炸后的交错。

现实是有形状的，好比这只被握在手心的橘子，外皮坚硬而完整，如同被法则所规范的自然，奥秘却还藏在地壳下，那巨大的核心甚至并不是唯一的核心，而是背负着压力盘旋成圈的历历秘境，每一重都是挂满鲜美果肉以至再无空间起舞的宫殿。你已经来到这里，你想去到现实的最深处吗？知道吗？在橘子的心中，橘瓣们围绕着不规则的虚空，那是这方秽土的镜像，只有真正被深爱的灵魂才敢去冒险的无归之地。那里的一切都被冻结就连痛苦都不例外，那里，爱人死无葬身之地而幸福时时刻刻都在湮灭；至于选择，我能告诉你的是：其实我们此刻的相逢和将来的彼此遗忘都别无选择。

归乡

她不爱吃橘子，她不喜欢拉开车窗上的布帘去看飞逝的草坡和树丛，橘子的甜令人晕眩，而火车正在深入的绿构成了某种她无法破解的隐喻。她不是摄影师更不是调查员，她去南方不需要理由，总有人向往在阴雨连绵的地方生活，有人在牧场中央留下一把孤零零的木椅，有人在树林深处架起一扇没有房子的门，还有很多人像她这样在下火车的瞬间撑起一把巨大的黑伞，天上的炮弹掉不下来，天上掉下来的花苞在伞面上炸开，铺陈出翅膀或是触手的形状，她听见了虚弱的雷声，也摸到了溅在脚踝上的淤泥，她看见售货亭里亮起惨淡的灯光，可是货架上没有食物，只有一盆又一盆绿得发皱绿得发黑的绿萝。

启示

翼手猿是她的女儿，夭折了却还活着的女儿；就如同她是自己的女儿，努力地活在绝望中，去南方寻找因巨大而无形的母体。翼手猿是长在茧里的，不是蚕或者蛾的茧，是风中起伏的树叶吐的丝、织的茧，里面偶尔会长出胚胎，慢慢成熟了就从里面开始吃茧，等茧被咬出洞，猿猴的头就会探出来，然后是手，最不可思议的是连接手指和肩胛的翅膀，翼手猿的翅膀一旦伸展开有身长的六到七倍，可是轻薄透明的翅膀需要六到七年才能长全骨骼和血脉，这期间翼手猿只能把翅膀当作第二层茧包裹自己，继续倒挂在树上睡觉，在梦中嚼青色的树叶，流青色的眼泪，在翅膀内侧画青色的山川星辰。

归乡

前面没有路了，前面就是她身体正对的方向，如果她转身，前面就会相应地变化，可是哪里都没有路。天已经黑透了，天黑是一种会把路吃掉的妖怪，天黑有巨大的腹部，她什么都看不见却能听见两个死魂灵的呼吸声。不，那是翅膀摩擦空气的声音，翼手猿的翅膀时刻都在生长，也时刻都被看不见的边界所切割，碎屑飘落在她的头顶和肩上。她肆无忌惮地喘气，像头被压瘫的牲口，像某种执着于练习悲哀的工具。她执着于为自己制造出方向，仅仅撕开单薄的纸张是不够的，她需要撕开多少被天黑吞噬、溶解又重新揉捏成型的身体才能望见远处的云层、山峦和山腰上的荧荧灯火，没有人告诉过她南方村落的模样，她更不知道怎样才能穿过重重密林去到那些陌生人面前。对了，翼手猿从未离开，她们就像是被她抛上天空的齿状花冠，她们可能是她撕裂自己的身体才掏出的，两团比黑更暗的虚空。

启示

翼手猿的嚎叫是真实存在的事物吗？就像是枝头青白或青黑的小苹果，泥潭里勉强露出尖顶的钟楼和瞭望台，她们在车窗外盘旋，冒着被树丛网罗、被山魈扑猎的风险，跟随她从北方来到南方，这是只属于死去孩子的执着，这是未知之地对阴灵的牵引，别的人在没有光的地方也没有影子，她的财富却是两条不会消散的影子，诞生和扼杀，纠缠与孤单，天黑吞噬与天亮呕吐的循环往复，她需要她们的嚎叫，翼手猿的嚎叫是发疯的指针，发疯的指针提醒她时间因震荡而破碎、因破碎而洒落在被她认作南方的地方，她听见翼手猿嚎叫着她的名字，她是真实存在的事物吗？她要去的山村也能听见翼手猿的嚎叫吗？那里的人们能够竖起耳尖上的毫毛吗？那动作意味着恐惧还是轻蔑？

归乡

她所做的一切，无非是为了摆脱越来越庞大的翼手猿，她们甚至无法在树枝上停留，死去的仍然在生长，被投掷的竟然会回旋，如果说灵魂是没有形状的，那么肉身同样是可供组合的碎片，规律是人类自欺欺人的发明，火焰不在意自己是否屈膝而流水坠入深渊又会有怎样的后果，人类为了逃避自相残杀才打造了更多凶器，死亡把自己悬挂在空中，她怎样跳跃、攀爬甚至做梦都够不到它，或许该说是她们，她知道，猿猴形状是灵魂所受的暂时诅咒，尝试着从手掌边缘长出翅膀和肉身的幻术是不被破解的秘术，北方不能囚禁她们，南方更不是她们的解缚之地，该怎么办，她挨家挨户地敲门，她在聚集一支拒绝被指挥的军队，她往腋下的竹篮里扔焦黑的树叶、兰花和龙鳞，被毁灭的甜美……意味着被毁灭是甜美的，还是甜美被毁灭了只留下她怎样都分辨不清方向的南方？

启示

绛紫的花，橘黄的花，长满龙鳞的树只开三次花，被吞噬的石头里挤满了没有身体的手，那么多的手捂不住一张吞噬石头的嘴，快吐出来，快吐出来，每户人家的门楣上都挂着盛灰的布袋，每户人家都把剪刀镰刀剃刀扎成花束立在门前，她已经忘记自己为什么要来这里，她也找不到人询问这里究竟是哪里，她在村口徘徊，背靠着长满龙鳞的树睡觉，她梦见自己掉光了牙齿和头发，当两个孩子的哭嚎声忽远忽近，她还有什么可以吐出来，还有什么是她吐不出来的苦，她又在集中精神上坡，山顶的人家在房子周围种满了仙人掌和银冷杉，她忽然回想起，雨幕和火堆之间，戴银色发卡的无生老母掰开一只冻黑的橘子,向她解释什么才是现实的模型。

归乡

死意流淌,根系庞大,颠倒的时空里,她就要剪下两朵兰花挡雨,她撑开的任何东西早已变成腋下长翼的猿猴飞走。她在身体里孕育的南方退缩成她难以到达的村落,但她在反反复复的上坡和滑落中达到了枯草与淤泥之间的平衡。她把要说的话扭成绳打成死结,她遇见过梦见过不曾见过的人是溅落在死结上却无法渗入的雨滴,她想过推进故事或是推演生活,她可以边走路边跳舞或是驯化翼手猿做现实与疯狂之间的交通工具。但她被困在环状山峦的腹地,她就是山谷蠢蠢欲动想要离开的心脏,与她呼应的是翼手猿为了悬浮在空中而努力振翅,俯瞰着为了重生而滥觞流淌泛滥的死意。

启示

如果说时间是一场骗局,我们无须畏惧衰老因为我们根本不曾出生,那么空间可能是更可怕的幻觉,她从来都不曾到达南方或北方,南与北只是地图上的同一块斑痕,而地图,地图只是我们对着不可触及的现实所吐的口水。

她知道有些人是天生的掠夺者,她们在骗局和幻觉里并不快乐地生活,却总有接近快乐的方式,愚蠢也好实惠也罢,她们与她隔着一扇打不开的玻璃窗,她们在唱歌跳舞,她却耗费全身的力气去拉上一匹遮不住光和噪音的酒红色窗帘。她们的女儿长着人脸也伸展着人的手脚，人是一种多么可鄙的存在，一种借助时间和空间传播的病毒。她却不知道翼手猿是自己的母亲、女儿还是情人，或者只是酒醉时从头颅里挣扎而出的另一些自己。

归乡

这个季节没有疑惑也无须解答，这个季节正在撤离，留下的创伤可以被叫作南方，这个季节过去后，仍在开放的只剩下翼手猿的翅膀，可翼手猿是跟着她来到南方的，无论她睁开还是闭上眼睛，远山都在燃烧，青白和青黑的火焰挂满枝头，她只要不分昼夜地赶路就能赶在火焰碎成雨滴落地之前进入地图上从未被标注的村落，那里的人们在细瘦的身躯上顶着浮动的头颅，头颅的数量是不确定的，头颅里盛放的疼痛是浓稠而不会飞溅的，头颅有时候会彼此依偎着说话或是亲吻，她们在等她，她来寻找这个时代之前的南方，或许该说是这个季节之前的南方，时代和季节像是两只瓦罐，她分不清孰大孰小孰轻孰重，她赶路的时候不停地摔倒、转圈以至于迷失方向，但方向是由她的身体所决定的，甚至就连远山都是环状的，她不可能不会到达头颅集结者的村落，每一具身躯都是一群头颅共同的财富，她也想在自己的身躯上缀满其他人留下的头颅，眼睛所看见的和从嘴里说出的都没有真正消散，就像是翼手猿的鳞片和哀嚎，她们是真实存在的，她诞生又扼杀了她们，她们想要逃离却还在追逐着她。

启示

翼手猿不是早已灭绝的翼手龙也不是漫山遍野的猿猴啊，时间在流逝可这只是一场骗局，空间束缚我们，幻觉不允许欢聚，翼手猿是不存在的生物，只有放弃存在，我们才有对抗骗局和幻觉的希望。所以她的手里有剪刀，她躲在十几层棉被的最深处。

你听过豌豆公主的故事吗？你有没有想过豌豆公主可能就是那枚被感知的豌豆而不是感知豌豆的公主，你当然不明白被人血滋养的豌豆是可以爬到天堂边缘的，然而天堂是被翼手猿攻陷的、号称最完美的时间和空间牢笼，所以豌豆正在入侵公主，而她正在用自己腐烂的肺腑种植豌豆，还有翼手猿，还有被剪断的喉管里迸发出的两朵兰花。为什么是两朵而不是三朵或五千朵，你在吗？你说呢？

归乡

她好像梦见了另一个女人，也有可能是，她真的遇见了另一个女人，在涌动着陌生头颅的陌生村落，星空里挤满了烟花还是兰花，她分辨不清，因为她倾尽全身的力气都打不碎横亘在身前的镜子，但那有可能不是镜子而是另一个正在问候她的女人，妈妈，这是她发出的声音还是来自另一个女人的呻吟，妈妈是杀死了两个孩子的她，还是试图安抚她的另一个女人，她想看清楚眼前的另一张脸，她听不见除了双唇开合所发出的音节之外的声音，意义是骗局是桎梏是牢笼，她说话她喋喋不休她歇斯底里，她知道对面的女人其实距离她很遥远，对面的女人偶尔浮现就像是南方的火山无论死寂了多少年都还是会突然爆发，她做不到无因反叛或是无由来地悲伤，她愤怒，她却只能为了保持愤怒而陷入无奈，她发现对面的女人竟然是可以被拥抱的，她去咬另一个女人的嘴唇，她的牙床被她的舌头所温暖，她们是绛紫和橘黄的翼手猿的相爱啊。

第三辑

偏离命运的努力注定落空

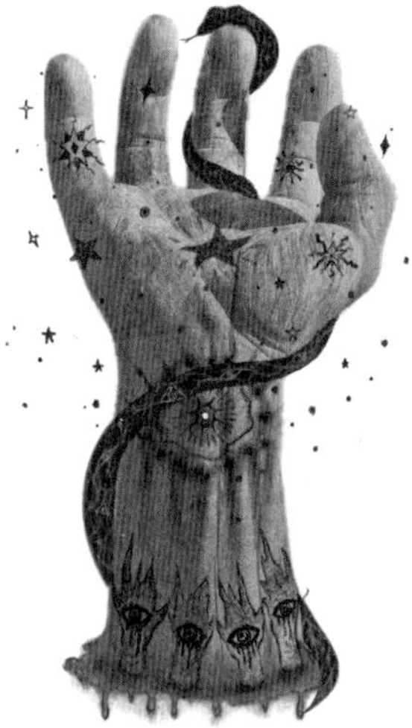

奥罗拉

我们一起去看极光吧,看,极光,不要捂着眼睛,已经发生的一切不能像被推倒的骨牌那样再竖起来,再竖起来的不是我凭空挥拳的勇气,如果变成沙漏就可以慢慢倾尽自己,之后颠倒过来,疼痛的重量却并没有减轻,你留下的不是骨牌或骨笛甚至骨灰,你留下的我蹲在雪地里洗手,像摘下手套那样褪下皮肤和血管,我从张开的指缝间望见极光,一起去看极光吧,看得见极光的冰原上,我假装也看见了你。

背叛者

羽毛很难保持平静,因为太轻,
我羡慕死去的朋友,他们
戴着锁链转圈,哪怕早已被烧成灰,
他们还是戴着锁链转圈,
平原上的龙卷风有绝对平静的内心,
此刻我的内心浮现出幸福,
只是这两个字,能指并非所指,
厄运的手指折断了树枝,
我该怎样创造世界才能违背现实,
我该怎样借助死去朋友的重量
去到水的深处,背叛他们曾经的告别。

闭上眼睛才能看到

闭上眼睛才能看到的红,据说是
血的颜色,望着自己的血才能平静下来,
他闭上眼睛,对着电话的那一头喘气,
对着早已离他远去的人,说起
街角的樱桃树,塑料袋里颤巍巍的水和金鱼,
来租房的女人肩上积着厚厚的雪,
他总是这样糊涂,分辨不清或新或旧的
记忆或是某时某刻的幻觉,
他以为自己还活着,活在年轻人
对怪兽和生活的恐惧里,拨通电话的
那一头,听他说话的少女脸颊白皙手指柔软,
他们曾在太阳落山前,用薄薄的毛毯包裹
彼此紧挨的膝盖,慢慢陷入印在毯子上
的那些漩涡,那些边盛开边枯萎的血红花朵。

不能原谅

风是热的,风竟然是热的。他长长地叹了口气,抬起手臂挡在眼前,阳光令人眩晕,沿着山势盘旋而下的台阶通向海滩。风把薄薄的衬衫压紧在他胸前和肋间,又在他身后勃然蓬发,让后襟鼓成微小的帐篷。风是热的,风擦过他的腰,像是记忆中的手。不对,记忆中的手总是那么冷,坚定,温柔,却冰冷。昨晚梦见了什么,他什么都回想不起来,他以为自己时刻都保持着清醒,从日落到日出,他坐在旅店房间的露台上喝一杯龙舌兰,缓慢得如同呼唤声消逝于空旷的海面。他的房间背靠着酒吧,陌生人隔墙彻夜跳舞,他们借助出汗来摆脱哭泣。这是温暖南方的美妙之处,这是他想要融化掉自己的地方,为了摆脱独自哭泣。可是,这么多年过去了,他仍然做不到原谅。

对影成三人

这些年来，我最怕听到的词
是，明白。明白
自己做不到，明白所谓愿望的真谛
是不会被实现，明白强求的人
会活得或者死得很难看。然而又怎样，
你从来不想搞明白别人说的明白，
而她终于明白了任何人为自己的愚蠢
所付出的代价以六年为起点。
我还在同你说话而她是魔法圈外
的现实无非是因为你已经死了，
而她还在努力地把孩子们
拐带来这个没有奇迹的世界。
大多数时间我很不明白，有时候
我沉迷于数你心跳的次数，阴冷的冬天
你更努力地冲着我们紧握的手呵气，
但我也记得她在楼梯拐角处背对落日
所展现的金红色向日葵，她在乳房上用油彩
勾勒了忌妒和愤恨和诅咒的形状。
那时候我们都不明白，我们真的什么
都不明白，因为忙于相爱。

寒冷填满空洞

隔壁的露天泳池关了,
工人们用深绿毡布覆盖泳池,
那上面就要积累起红褐色的落叶,
再后来悄无声息的白雪会把平面压弯,
提醒我们,没有水的泳池原来只是个空洞。

嬉水的欢乐,彼此追逐的欢乐,
以为空洞不是空洞的欢乐,
都是从盛夏传来的喧嚣,
这些喧嚣的回响是住在我耳蜗里的幽灵,
我身边的幽灵却早就被风吹去了别的地方。

我想给皮埃尔写封信,
我需要告诉艾琳娜我还爱她,
没有水的海只是个形状不规则的空洞,
没有空气的世界里没有人还活着,
躲在深绿毡布下面沉睡并不能让我们重聚。

Grief Is the Thing with Crystals

悲伤的时候,我看自己的肚脐,
看那里簇生出晶体,不需要光源
也能闪烁不定,对,原来我才是光源,
哪怕我正在为黑洞而悲伤,我们在雨夜
的荒野里开车,哪里都没有路也并不需要路,
这时候你说,在世界尽头之外,
黑洞正在等待,而我们已经挥霍了太多,
我不能直视镜子里自己的眼睛
如同我不能与野兽对峙,我与我的影子
还有空酒瓶之间游荡着丧失了眼泪的盐分,
还有什么是晶体,最坚硬的钻石吗?
星辰熔炉里最初与最终的妄想,
只有人如此微渺,只有我们此刻炙热的皮肤
如此柔软仿佛存在正滑入虚无。

滑梯

如果温度就这样降下去，要小心，
屏住呼吸别叹气，太冷了，
大理石会飞散成粉尘，像蒲公英那样，
也不要坐在敞开的窗边远眺，
你知道的，空气里的水分会凝结，
夜幕下闪烁的除了遥远的星星，
还有无数微小的冰晶，如果温度就这样
降下去，世界会变得美丽，
死者保持不朽，生灵趋向迟钝
为了抵抗滑行于皮肤之上的忧伤，
跳着舞的是刀锋啊，想要落脚，想要扎根，
我们尽管沉睡哪怕伤痕累累，
所以，温度必须再降下去，
直到一切还在颤动的都回归平静，
你要站到变迁的对面，捂着心脏发誓，
这就是绝对，是最亮的光正填满最深的黑洞。

火车轹身凡十八反身碎如尘

他陪我坐火车，我和他结伴同行，去未知的远方，如果不是肩并肩瞌睡，我们就一同看车窗里暗下去亮起来又变暗的，那些陌生的脸，还有摇摇晃晃的行李箱，更多时候我们望向窗外，城市与废墟交织，森林连接着荒漠，暴风雨总在摧毁玫瑰园，而暴风雨被玻璃沙漏所囚禁，沙漏上雕刻着透明的玫瑰。他和我都看见了并抛弃了很多，"所经历的一切都应当被忘却"是火车的名字，对，这列火车有名字甚至举止忧愁，它就快负担不起乘车人想要放下的屠刀和求而不得的明镜。他和我也许爱过同一个人，那么，我们合力赋予死去的爱人双重埋葬吧，就像是左右铁轨外无限延展的世界彼此映射。他和我也许曾经彼此相爱，那么，我们告别时，所经历的一切都应当被遗忘继而燃烧起来，这着火的车啊，这裹挟着我们化为灰烬的爱啊……

近乡情更怯

要去的地方都是曾经
住过的，翻开的书卷都是
曾经读过的，想到这些，
终于想起来，此刻我想要轻触手臂
低声说话的人，都是曾经活过，却已消失成
关于消失的讯息的，五月的公寓楼前
开放着蓝色的鸢尾，九月的秋光跟随着
去机场的班车，去北方吧，
北方寒冷而温和是猛犸象的家乡，
我也拖着长长的毛毯和黑沉沉的梦魇，
谁也不知道这轮世界之前曾经有过多少循环，
我们相聚又分离却又不期而遇，
我们为了取暖而点燃篝火，燃烧的煤
所释放的，是曾经照耀世世代代死者的阳光。

绝望与渴望

我学会了克制,不再奢望太多,
只要多那么一丁点,一丁点就好,
与人对视时尴尬地笑,被阳光直射时
抬起手臂遮挡眼睛,看,
我多要的那么一丁点,就像是
包裹着肘关节的皮肤,收敛起来全是皱褶,
展开时却恰好能容纳手臂的动作,
伸手打开的门又被风带上了,
挥手告别的人从此再也没出现,
我知道命运所赋予的总会被命运收走,
那又怎样,终于铭记在心的歌谣
诅咒把它唱起的人客死他乡,我想要保留的
只有这根喉管,还有那么一丁点,柔软的
堵塞着空管的东西,被强行咽下的
哽咽也好,胃囊里上涌的残酒
也罢,只要多那么一丁点,一丁点就好,
我就能满足于,彻底的沉默。

苦之本际

"带走他的尸体。"我对着旷野和星空说,等待尚未到来的你们。"他的尸体"听起来很奇怪,好像尸体是属于他的拐杖、焦糖或是旅行包,他显然大于这些物体的总和,那么多出来的部分是什么?我知道你们会说灵魂,你们总是姗姗来迟。不,终结就是终结,他的溃散早于尸体的分解,那为什么暂且还能维持原状的尸体要从属于他,在身体成为尸体的那一刻就消亡殆尽的他?我试着把"他的尸体"改成"尸体的他",尸体仍然铭记着他吗?尸体是否也保存了我的一部分,还有其他曾经出现在他生命中的人和事?"尸体的我"始终不得安宁,不听,不看,不说,并且不知所措……就像是空空的玻璃缸里扑打着尾鳍的鱼。我想要你们把尸体带走,留下被解放的他和我,篝火还在燃烧,是的,跳舞的影子就是旷野和星空之间的虚无。

两间空房子

穿蓝白格子裙的邻居在后院喝酒
唱歌，关了窗还是能听见
她们的笑，关窗时我险些折断了指甲，
疼痛微小，像是香槟的气泡，
或草地里萤火虫忽明忽灭的行迹，
隔着墙的邻居总是很忙碌，
埋葬了死者再把孩子带来这世界，
生完孩子又赶紧编织葬礼上的花环，
她们的脸总是那么模糊，
这样才能流淌进任何人的幻想，
我却没有力气清除屋子里的灰尘，
这些轻飘飘的、无济于事的善意啊，
我试图在黑暗中编织故事，
关于命运的捉弄、不该发生的爱情
和别无选择的溃败，邻居的歌声和笑声
也在编织着，谁都不知道那是什么，
夜色尽头，人们疲惫不堪，
夜色刚刚降临，人们早已疲惫不堪。

那些消失的都还在

你遇见过街灯逐一亮起的
瞬间吗？我们还在假装彼此倾听
却正各自丧失着，维系生活的勇气，
鲁莽的人最好回避成群结队，
失望的加速度在琴键的高音区
颤动仿佛迷失在风中的信号，
街灯何时亮起，我从未注意，
它们还会在固定的时间熄灭为了
遵守人间的秩序，你又能怀揣着粮食和水
走到多远的地方或是多少年后
甚至多少年前，我在没有街灯的拐角
捡到摔碎的娃娃，这些年来我一直在缝补她
身上的裂痕而此刻，我终于缝上了
自己的嘴封闭了叛逃者的来路和去处。

你是否经历过这样的瞬间

你是否经历过这样的瞬间?
大脑一片空白,就像是粉笔擦刚抚摩过
的黑板,黑漆漆的白,白茫茫的黑,
所有似乎曾有意义的数字,比如
地址、纪念日还有电话号码,
全都化作了粉尘,
你甚至开始怀疑自己的存在,
呼吸的节奏还在,对,呼吸还在,
你见过房客搬走后的公寓里还留着灯,
天黑后才能看见的、努力
填满空房间的灯光也填满了你的瞳孔,
你伸手想要抓住人群,人群是多么尖锐的词,
刺穿你的手的钉子还在墙上,
墙上长出了仙人掌,仙人掌正急速地枯萎。

世界微尘里,吾宁爱与憎

我需要很长很长时间的睡眠,
生命的三分之一甚至接近一半,
即便如此,我仍然疲惫不堪,
这其实很容易解释,我的脚时刻都
紧绷着,足弓酸楚,脚趾刺痛,
哪怕在睡梦中我都还在逃跑,
那里有一头浑身漆黑的牛,
有时候是熊,或者戴面具的人,
它们在我身后整齐地踏步,
倒塌的桥梁又在重建,崩溃的世界
不断地重启,举高音喇叭的人
在熙攘的街头提问:天国何时衰亡?
总有那么一天,总有那么一天,
我谁都不怨恨,我只不过是在跌打滚爬地
完成人生,并且承认,比人生更为
艰难的,是鬼魂的漫长漫游、镜中幻境里
水滴石穿、微尘化生万物又复归微尘。

水瓶宫

我还能听见,还能听见星辰错位的呼啸,水汽凝结成冰晶的窸窣,不堪重负的骨骼芦苇般折断,沉入睡眠的人扑向地面、敲碎他的手。我还在听着,等待你尚未说出口的话,成长中的人不懂什么是贪婪,世界正在敞开,你仍然认定,受过的伤害终将得到补偿。可是,诅咒。我们都在学着与诅咒和解,因为寒冷而肤色青白,因为彼此渴望而忍耐分离,请原谅我正在关闭,像一架早早丧失动力的挂钟,我还在听着,听着,听着,唯独听不见时间流逝的嘀嗒。

撕开与盛开

我们要去哪里，你知道吗？
你为什么笑得那么开心，同时也哭得那么伤心？

我们每个人都只有一颗心，它是如此地忙碌，
忙着为自己长出完整的身体甚至多余的手和脚，
这么多的脚都用来走路所以我们经常迷路，
这么多的手都用来撕扯这颗心，

开心和伤心也许只是同一个动作，
撕开是伤害，盛开却成了快乐。
可是我们要去哪里，你其实并不知道对吗？

树叶变得黯红和金黄，水流仍然清澄又浮白，
我们该在哪里停下来查看自己的影子？
我们该怎样告诉自己的影子：要留在这里或那里，

要学会接受我们终将消逝的事实，
要学会接替我们，成为树叶或是溶入水流。

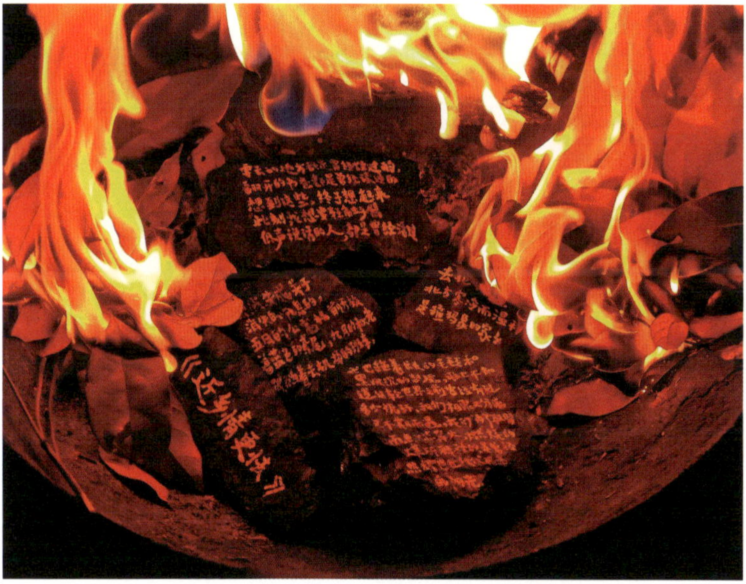

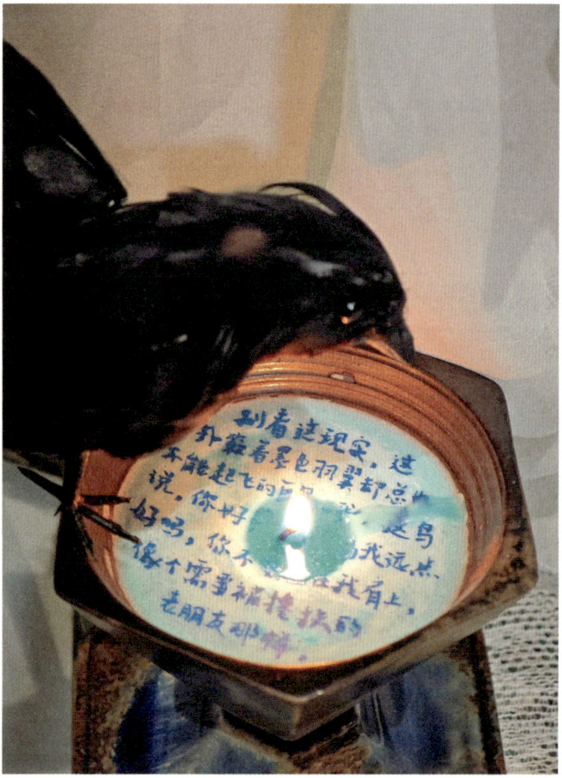
别看这现实，这
外藏着墨色羽翼却总也
不能起飞的
说，你好
这鸟
好吗，你不
我远点
像个需要搀扶的
在我肩上。
老朋友那样。

逃亡者

是风或光线造成的错觉吧,他正在我眼前消失,固体静静地分解成微粒,继而静止在比视线稍高的半空,我还记得他的形状,或者该说模样,他披着浴袍,里面是湿漉漉的赤裸身体,腋下似乎夹着报纸,身体的另一侧,食指勾着咖啡杯的把手。

我叹着气等他消失,就像是忍耐着热水沸腾时的啸叫那样,煤气已经关闭,能量与幻影的类似之处在于不稳定,虽然拖着空箱子在旅店大厅里逃避生活的我也是不稳定的,我去过很多很多地方,那些旅店与旅客们同样面目各异……

然而,他却无处不在,他可能是根钢针,用来刺穿我所经历的那些场景,那些在风中哗哗作响的白纸,他走向我,在旅店人来人往的大厅里,没有谁看得见他除了我,早已死去的他正在消失,却并没有放弃迎接我,亲密的瞬间是怎样的陷阱,空气中的每颗微粒都是陷阱……

天各一方

我住在离我很远的地方,
夏天快结束的时候,
野地里开满了高高低低的野花,
我想要走很远的路去看它们,
淡蓝浅紫和纯白的光斑,
摇晃在天空和草地之间的惊讶,
可我怕整个世界在我到达的那一瞬间消失,
就像是不配拥有的财富终究不可企及,
我并没有在说梦话,但我真的
住在离我越来越远的地方,
北方的海虚弱而温和,
南方的岛屿无论昼夜都喧嚣异常,
我闭着眼睛扔出回旋镖,
然而没有人归来,就连我自己
都还在冰层上——耗尽整个世界都还是
覆盖不住的冰层上——滑行,
不受阻碍的悲伤能够抵达任何地方。

天凉好个秋

就在我们都以为夏天
已经结束的时候,唉,它还在,
挺拔的血红色蜀葵,
撞在玻璃上的绿头苍蝇,
擂鼓般勇武的雷阵雨来了又去,
去了又来。这暑热还能再撑
几天,虽然橡树和槐树都在抖落黄叶,
无人认取的包裹挂在路边栅栏上,
我们都以为自己还能再撑几天,
就像是被晒干的旧电池,
忘记了彼此模样的老情人,
撕裂嘴角是为了加深勉为其难的
笑容。坏消息并不会等到
夏天结束才到来,夏天也并不会因为
坏消息而突然粉碎……
我们都以为,只要再撑几天,
死去的朋友终将学会安于死亡。

天雨沸铜

我甚至都不喜欢我的朋友,
他们也不想同我浪费时间,
我们就像是来自四面八方的种子,
落在同一片野地里,
开成了五颜六色的罂粟花,
彼此说近不近,近到能够在电话里吼叫,
要不索性就挂断被吼叫撑满的电话,
但又说远不远,远到坐在一张桌子前
整理层层重叠却从不交融的世界,
直到从各自的世界里消失,
我的朋友们现在可能是蛤蟆、红顶雀
还有神气活现的黑山羊,
他们做人的时候遇见过我,
他们还没来得及讨厌我,就已经
跳上了下一班火车,我好像
可以把胳膊收起来抱紧自己了,
花瓣如果不飘落好像可以像伞一样收起来,
我的朋友在唱一首叫作"天雨沸铜"的歌,
我忽然很想他们因为沸腾的铜很痛。

铜与糖

我不再爱他了,我把涂抹过的纸
揉成团扔出窗外,如果正好有风吹过,
蜷缩的人会凭空滚得很远,
铜做的天空正下沉,糖做的城市向南蔓延,
他没有说过要回来,两年或是二十八年
并没有区别,我对着光旋转自己的手,
手里什么都没有,回旋镖像是早已离开,
他竟然这就回来了,站在楼梯拐角处
用指节敲打墙壁,我还没有想好是否要撑伞,
铜做的天空下着雨,糖做的城市溃烂如斯。

Smoke Gets in Your Eyes

与人保持距离并不难,难的
是,躲过蓓蕾、花朵与残瓣的绵延,

我对这酒说,你去吧,去到
空的杯里把它充满,我对满溢的杯说,
你来吧,来到我的掌心为了被抛起,

液体与碎玻璃与黄昏最后的暖光之后,
别看这现实,这扑棱着墨色羽翼
却总也不能起飞的巨鸟,我对这鸟说,

你好吗?你离我远点好吗?你不要
压在我肩上,像个需要被搀扶的老朋友那样。

我的记忆里,他是热的

我的记忆里,他是热的,
赤裸的手臂所接触的
黑色 T 恤是热的,
太阳落山后他的心跳
仍然是愤怒的,
我什么都不能平息于是被点燃,
冬天来临,他还在骑
漏气的自行车上坡,
我的倒影在漆黑的河面上滑行继而
滑倒,我摔倒了越来越重,
他渐渐没有足够的热溶化我
骨头里的铁钉,
他在没有空气的地方竭尽全力地诅咒,
世界是有裂纹的,渴望着维护
而不是击穿钢板的子弹,
对他的结局我早就有所预料,
他出现并消失,"我的爱人,
我的启示,我偏离命运的努力"。

我们无罪，只是愚昧

足背上的凉鞋印迹尚未淡去，
树丛间的红色星点已蔓延成片，
推动潮汐的月亮并没有向我们推近，
倾泻着自己的太阳据说有近乎无穷的寿命，
永恒是什么？死去的朋友们不再担忧，
因为他们已不复存在，我们却还在
分崩离析的岩石上、蒸发殆尽的水流中
建造家园，傍晚的雨来去匆匆，
推着婴儿车的男女并没有走远或走近，
在哭声中倾诉自己的婴儿终将学会沉默，
阳光终将熄灭，但那并不是我们所能担忧的，
听着，我说的并不是暮色降临
或夏日消逝，甚至也不是世界归入虚无，
这一切都太过细微，太过细微的疼痛占据着
此时此地——我们本就是自身的囚笼。

我有两只箱子

我有两只箱子，我不知
怎样才能拖着它们走下漫长的台阶，
陌生人匆匆经过，他们叹着气、
弯着腰、揉着紧绷的脖颈和肩膀，
去搭乘不知开往何方的地铁或长途车，
我努力地回想曾经坐在身旁的朋友，
想起他把手凑在嘴边呵气的模样，
他向我描述父亲的葬礼上陌生女人
送来的骨灰盒，他说他羡慕父亲却又
痛恨陷入流沙般灿烂的生活，
于是就早早地去死了，与我其他那些朋友
一同悬挂在半空，开完花的苹果树
结出了青得发黑的小苹果，
不会腐烂，也没有人来采摘，
我的箱子里却什么都没有，它们
这么重而世界如此地动荡，只有我错过的
那些场葬礼是安静的，只有他曾经
拉起我的手走在冰冻的河流上。

五年后,十五年后

五年后,十五年后,五十年后,
默默消失的那些事物,终将呈现出
它们自己,或者说,它们所留下的空洞,
夜晚开放的紫茉莉在日出后闭合,
被回忆起旋律的片段就像是,
碎瓷回到花瓶回到完整得令人窒息的拥抱,
如果伤口还是潮湿的,你说,
你用干燥的舌头舔着干裂的嘴唇说,
那么总也不能愈合的伤口里,
想必住着一群想要保持原状的事物:
十四岁就已挥霍完人生的少年,
电话那头纸张被撕裂的声音,石板铺就的
路面上车轮滚滚而过而雪簌簌落下。

夏天的雨是个好东西

夏天的雨是个好东西,天地之间
忽然垂下了很多很多帷幕,把原本喧嚣
的颜色都调成灰,把温度降低成风
在皮肤上所种植的冷彻,就好像时间
能够片刻停滞,快乐与忧愁忽然变得遥远,
只有疼痛的形状愈发鲜明,颅骨和胯骨之间
的毛发和蒲公英和紫罗兰都高耸着,
镜子里的陌生男女想要告别却被困在屋檐下,
甚至同一柄伞下,命运热衷于尴尬,
哪怕什么都不曾发生如同这幅完整的
不曾被剪裁的晦暗缎面,雨总是这么完整,
谁都走不出去或者说谁都不想走出去,
但它却又说停就停,就好像奢望本就有罪
而清醒的瞬间,是沿着铁轨滚滚而来的火车。

You Don't Die Enough to Cry

雨下得很大的时候,我琢磨
怎么把胳膊点燃,接下来的任务是
举着燃烧的胳膊不被雨水浇灭,
我什么都做不到所以想要飘起来逃避现实,
可我的朋友们都在大声说脂肪脂肪
你需要很多脂肪,被剥开的橘子
那样的脂肪,被车轮来回碾轧的悲伤,
继续活着的人们推着手推车里成群捆绑的绣球花
和花瓣缝隙里大声争吵的亡灵,
雨并没有停下来,我喜欢和不喜欢的朋友们
死后变成了青蛙、红顶雀和神气活现的黑山羊。

愿我左手枯萎，再也不能弹琴

到河边去，秃尾野兔、白头松鼠、繁花间形若枯叶的蝴蝶，一起陪着我到河边去，它们很快就同我走散了，野兔跳进了山涧，松鼠爬上了树梢，蝴蝶遇见了更多蝴蝶悬挂在路边人家的门帘上，我继续朝着有水声的地方走，我是不会对任何一条河失望的，哪怕那里仍然有许多人，河边有风，河里都是水，河所托起的倒影是这个世界，皂角树开满铁锈色花朵，我坐在树下看蚂蚁在腿上行军，如果离人群足够遥远我就捂着脸开始痛哭，这个世界的河都是相通的，无论障碍是整片陆地还是我坚硬的身体，我来河边释放我的河，我不会对任何一条河失望，我已经放弃努力接受了自己的无能为力。

院子里竖起了一架梯子

院子里竖起了一架梯子,
爬上它,我可以去橡树上采摘流苏
形状的花冠,可春天已经过去了,
就像我的朋友们坐着秋千笑着升高
又在撕裂心脏的疼痛中回到原处。
我把梯子搭在阁楼窗口,
天黑后,从窗外望着自己的家,
那里什么都没有,除了白惨惨的落地灯,
并排放着的浴缸和床,床上搭着滴水的浴巾,
堆放在浴缸里的床单揉成一团,
我想要找到自己,可我并不能同时存在于
现实和避难所。梯子是凭空出现的,
它当然能够想消失就消失,
就像我的朋友们逐一告别再也没有
随风传送的细语和啜泣落在摊开的手掌上,
夜色渐深,我想我也该准备远行,
向上或向下的路没什么分别,
云上有泥土,土的深处延展着虚无。

冰川摄影师

一

抛弃他的女人住在北方的城市。她说自己不会嫁给与他身形和面容都相仿的男人，不会生两到三个孩子，不会在壁橱里挂满同款式的衬衣和西服，也不会去门前的花园种植蕾丝花、金鱼草并竖立起铜质驯鹿雕像。

抛弃他的女人打扮得像个海盗，左眼甚至还蒙着眼罩。她说：这不是你想要的生活，这也不是我想要的生活。

他从没想过自己想要怎样的生活，于是在困惑中离开了北方的城市。那里被冰川环绕，第一场雪就像长九个头的白熊那么重，冬天有九个月那么长。剩下的三个月里，人们匆忙涌向河流入海处的游乐场。午后三四点街灯就次第亮起，他们在越来越亮的街灯下唱歌跳舞，蛾子般轻盈，也蛾子般顽固不肯散去。他们拿琴弓和鼓槌敲打彼此的肩背，喝简易纸杯里勉强盖没冰块的朗姆酒，捡野餐人家留在草地上的红白格塑料布当作旗帜，还试图用这旗帜兜起烂醉如泥的流浪汉扔向正在靠岸的驳船。

所谓的流浪汉就是他们自己，他和他那些热衷于借助晕眩逃避生活的好朋友。他们纷纷跳入水中，游泳去河海交汇处树木葳蕤的荒岛，偶尔彻夜不归。河流带来泥沙，泥沙堆积成小岛，建桥的议案被一再否决。不管这是不是人们想要的生活，大家都明白，生活的核心最好是空白，宿醉后或是刚出生时的那种茫然才是一切问题的答案。

游泳去荒岛并不累。起初水冷得刺骨，但会渐渐变得温暖，仿佛被肌肉燃烧所产生的热点燃。他用胶布裹好卷烟和火柴塞在内裤里，烟丝里还卷着迷幻剂。他也不知道为什么要这样做。就像一扇门通向另一扇门，离开后还有离开，梦境注定越陷越深。

他喜欢的，是点燃的时刻吧。在岛上嬉戏时，朋友们欢呼着追逐流云投下的阴影，他去一旁搜集金黄色的松针堆成祭台。朋友们躺在松针上睡觉时，他躲在一旁对着黑漆漆的海浪抽烟，伸手抚摸烟雾中浮现出的幻象，比如骑着白鲸的黑猩猩，或是挟持黑猩猩的白鲸。其实他很想放火焚烧这一切，多么轻易，只需抖落烟灰间一息尚存的火星。想象中炙热的光，以他们年轻的身躯为燃料，抵抗正在转冷的天气。

燃烧的河心小岛会更为空白吗？第一场雪能带来怎样的答案？他什么都不想知道。朋友里有天生红发的家伙，他们一起来到这座城市，一同长大却仍愚昧不堪。红发朋友的脾气未必比别人更暴躁，他也未必比别人更漫无边际。红发的朋友近来不太喜欢他，像提防岛上的海鸥那样提防他，海鸥偷吃他们的饼干和坚果，他大概更危险吧，他想要放火。

他不知道该怎样解释，因为他的确想放火。去淡水池塘洗脸时，红发的朋友掏出怀里的剪刀铰断自己的一头乱发扔到水里，问他这样算不算牺牲，能不能帮助他平静下来。水很清澈，渐渐漂散开的发丝是一些令人晕眩的线条。他哆嗦着从内裤里摸出最后一根火柴，学着朋友的样子也扔到水里。火柴漂在水面上，先是搅乱了云的倒影，又与恢复形状的云贴合起来。如果湿了的火柴还能点燃，那么，天上的云会不

冰川摄影师　135

会也跟着燃烧起来？

盯着火柴和云的他看见了热气球，巨大的深蓝色热气球因为遥远而缩小成池塘所能容纳的倒影。那是做冰川勘探的热气球，每个月都会升空巡查。

红发的朋友说：冰川正在融化，城市就要消失，你没有必要焦虑。

二

抛弃他的女人住在城里的高楼上。这座城市并没有中心，所有的楼房都是相通的，所有的楼房都建在被河流强行分割的同一片山坡上，河流入海处的荒岛才是这座城市的中心。

抛弃他的女人戴单只眼罩，背后有覆盖整片肩胛骨的渡鸦纹身。她邀请人喝酒时高举起贴着狼群印花的马克杯，她说她想要更多更多的智慧，愿意用眼球去交换。

你已经做过交易了吗？人们好奇地追问。她耸肩转身离去。据说她只在工作时摘下眼罩，她是摄影师，冰川摄影师。

九个月长的冬天里，人们都被困在四通八达的楼道里，她也不例外。她坐在废弃的电梯井口给孩子们讲故事，迷路的他停下脚步听她描述深蓝色的热气球如何升空。

她这样告诫孩子们：离开这里有很多方式，睡在热气球下面的小筐里升空大概是最美妙的，就像获得新生。你们都会变老死去，哪怕这并不是你们想要的生活。其实你们向往的不过是一只热气球，打开窗子把纸做的蝴蝶扔向天空是远远不够的。

孩子们大概听懂了，他们快乐地穿过人群跑回各自的家，大概半路上就忘记了自己曾经听懂了什么。他们身上套着五颜六色的衣裳，在四通八达的楼道里集结又分散，分散又集结，像是条由无数小昆虫汇聚而成的巨型蜈蚣。蜈蚣也许有智慧，但他肯定没听懂她的话，他也不好意思问。他鼓起勇气邀请她去楼上的酒吧喝酒，那也许是楼下，关键是他们往哪个方向走，这里的楼群是没有方向的迷宫，他们也许永远到不了想去的地方。

然后，他和她就走散了。

她说她的卧室里贴满海螺图案的壁纸。可这并不是她的地址。他不知该怎样找到她。他检查过每处废弃的电梯井口，结论是那里的植物时时刻刻都在生长，藤上结出的瓜果很美味。这些连绵的楼房是精心设计的温室，错落有致的玻璃穹顶能够保证光照，而地下河流源自包围城市的冰川边缘。他想象着同她在贴满海螺图案壁纸的卧室里读书、跳舞，吃刚从电梯井道里摘来的葡萄。

冰川融化的时候，水会先从这些井里漫上来，我们先要习惯吃鱼，然后再学着鱼进化出鳃。这是红发朋友吓唬他的话。红发朋友在餐厅工作，给鱼去鳞去骨切片，他说从冰川另一头运来的粮食越来越少，货运列车空着去，空着回来，又空着去，带回来神情惊恐地脸贴车窗玻璃的孩子们。这些孩子很快就忘记了自己逃避的是什么，这些孩子加入他们如同水消失于水。城里流传着这样的猜想：可能所有人都是这样到来的。对，这里没有家庭和父母，只有漫山遍野的孩子，有的早已腐朽，有的还很新鲜。这一定是座不存在于任何地

冰川摄影师

图上的城市。

"冰川护佑避难者。"这是冰川监测中心门前玻璃橱窗上的口号。旁边被人用五彩喷漆接着涂鸦:"我们早就死了,被埋在这里。"

他终于想起来可以来冰川监测中心等她,这里有她冲洗照片的暗房,而玻璃橱窗里展示的是最新的冰川轮廓。他终于等到了她,她左右双肩背着至少五六只相机,正要搭乘电梯去楼顶的平台。她不记得他是谁,他觉得这很正常,他也不记得自己是谁,他按捺不住兴奋,请求她带自己去看冰川,她用没被眼罩遮没的眼睛直视他,说不行。

所以,她真正的工作是激发起人们对热气球的向往,却拒绝带他们升空。

三

火山有死活之分,冰川也是。世间一切生物都共有唯一的灵魂,无论海螺或苔藓,人还是丹顶鹤,攥着树皮的变色龙也好,盘旋云端的五爪龙也罢。

刚才的两句话并非风马牛不相及,世上唯一的灵魂当然是没有形状的,但它有影子,影子就是伤口般袒露在海陆之间的冰川。能够结冰的不仅是水,还有其他液体,乃至黄金和惰性气体。结成冰的可能是一切物质,也可能是任何物质都无法独占的灵魂所投下的影子。

那么,活的冰川时刻都在运动,对,这是我们看不见的。它没有血和血管,也不像被河床规范的河,更不要试图用人的思维去为它拟人。它活着，所以这个世界还存在，生命暂且还是生命，城市中心耸立着霓虹光柱，而生活在这座城市里的我们可能只是梦境里的一些碎屑。我们随时可能湮灭，冰川却永存。死了的冰川其实是个悖论，能够被推演，却超越我们的经验。死了的冰川意味着静。绝对的静意味着至福。

冰川摄影师想要记录的，是至福的反面，藏在活冰川核心的黑。所以她总是把左眼藏在漆黑的眼罩后面，那是留给冰川的眼睛，再多智慧都不能点亮的、只能望进黑的黑。她可能是这座城市的巫女、祭司或灵媒，她源源不断地带回来冰川的照片，好像那是大家共同的亲戚。大家围在冰川监控中心门前的玻璃长廊那里看照片，发出愚蠢而欢快的惊呼：哎呀长高了，那里矮下去了，白颜色的冰峰瘦了，漂在海面上的浮冰看起来更膨胀了……

真的有变化吗？她并不确定。人们只能看到他们想看到的，他们想要冰川活着，虽然谁都听不懂她关于冰川死活的布道。他们觉得她很神奇，围困或保护着他们的冰川更神奇。他们成群结队地跟随她，她可能是巨型蜈蚣的美丽头颅。她去水烟馆，他们就为她研磨烟膏裁剪锡纸。她去俱乐部跳舞，他们就挤在钢琴前，像个多手怪物那样为她弹奏错综复杂近乎噪音的乐曲。她回到贴满海螺壁纸的卧室睡觉，他们就在楼道里堆满新鲜海螺，仿佛那里早就在海平面之下，艰难呼吸的人只是海洋生物奇异大脑里闪现的幻象。

他只是他们当中微不足道的某个人。她偶尔同他们中的某个人睡觉，某个人可能是任何人，他被选择，他被抛弃，这两者没什么区别。她的一只眼睛很明亮，另一只眼睛是空的，眼眶的空洞里嵌着玻璃弹珠，漆黑的、被体温所浸润的玻璃弹珠。任何同她睡觉的人都会持续梦见那颗弹珠，缓缓旋转的它像是星球甚至宇宙的模型。

冰川的另一边，是怎样的世界？他问她。他喜欢探索河流入海处的荒岛，据说岛是河流带来的泥沙堆积而成的，岛上的植物是从飞鸟投下的种子里萌发的，泥沙和种子都来自冰川外面的世界，他们其实也是，他们来到这座城市就忘记了怎么出去，他们也忘记了自己的名字。对，他们没有名字，没有记忆，每天清晨都满怀好奇地醒来，每天傍晚都悲伤莫名，只能抽着水烟在钢琴上跳舞，然后捧着海螺在钢琴脚下睡觉。

她说：冰川的另一边可能是生前，也可能是死后。她说的话没有人在意，俱乐部的彩色光球正缓缓旋转着变黑。

她累了，她回去睡觉，她的追随者们在楼群的各个角落睡觉。他却醒着，像个幽灵似的上下楼梯，他的脑子里也有很多楼梯，上升或下沉，盘旋或笔直。这些楼梯并不通向任何地方，因为他的脑子是空的，他什么都想象不出来，他必须亲临其境才能有所体验。他想要怀疑"世间万物共享独一无二的灵魂"这样的说法。也许世间万物各有各的灵魂所以彼此隔绝；也许世间万物共享的是独一无二的身体，这样的话他没有必要离开任何地方因为他已经存在于任何地方；也许世间万物各有各的灵魂也各有各的身体并且灵魂和身体分属不同的世界所以灵魂与身体的交汇才是幻象。他拖着脚步上下楼梯，也会穿过漫长的走廊和空旷的室内广场。他不相信她说的话，却喜欢她说话的样子。他和她各有各的身体，好吧，他渴望她紧实的身体。他和她共享世间独无一二的灵魂，这样不好，他渴望把自己从冰川里凿出来，做一介脱离实体的渣滓。

四

春天只有三个月，临时游乐场跟随着春天，像成团飞絮那样咬住匆忙的步履不肯放松。一个月搭建，一个月狂欢，还有一个月用来清扫残局。从出现到消失，游乐场都是那么地轻飘飘，那么地不真实。即便迷幻剂都不能如此高效地制造幻象，但这座城市里的人可以，他们都是孩子，除了各种自欺欺人的游戏，什么都不懂，什么都不会。

为什么楼群里有那么多空荡荡的电梯井道，因为电梯被拆了，钢板被重新切割、焊接，改装成摩天轮、过山车甚至跳楼机。跳楼机是这座城市的制高点，它矗立在楼群间，被霓虹灯管死死缠绕，天黑后就会跟着冰淇淋车的旋律变幻忽蓝忽紫的光阵。有人觉得这是场噩梦；有人觉得噩梦很美；也有人不喜欢站在窗前瞭望，他们跑去玩乐，抓着霓虹灯管爬到跳楼机的机顶，在那里留下真人大小的黑猩猩玩偶，用胶布固定住，像个可耻又可怜的囚徒在被迫示众。

游乐场里最受欢迎的就是这些随处可见的玩偶：纸扎的鹤、布缝的山猫，还有铁皮围拢而成的大象，更生动的是戴着动物头套闲逛的人们。据说动物们也经常扮作人类出现在这座城市里，谁都不知道谁是谁，谁又不是谁。但操纵热气球的她说，谁都改变不了自己的影子，从高处往下望，只有影子才是真实的，就好像冰川才是世间万物的真形。

所以，跳楼机顶上的黑猩猩到底是谁？他亲吻她的脚跟，像飞絮那样卑微而又坚韧地发问。她并没有回答他的问题，她太累了，这座城市里有太多像他这样的提问者。她早就说过，世间万物只有唯一的灵魂，冰川没有来路和去处。

春天如此短暂，每个人都焦躁不安。在河边阳伞下吃牡蛎和鲈鱼的人谈论着水烟馆的斗殴、比萨店的枪击和游乐场里傀儡操纵者的暴动。白色海鸥锲而不舍地向餐盘上的碎面包发起突袭，大家都懒得抬头张望跳楼机顶上的黑猩猩。只有他试图体谅黑猩猩的孤单。他问过很多人，谁都不知道是谁把黑猩猩囚禁在跳楼机顶上。也许它是自己爬上去的，要知道春天是个疯狂的季节，人可能比人之外的动物更野蛮，非人的动物也可能比人更绝望，哪怕没有生命的玩偶都能运动起来，就连冰川都在融化，滴滴答答的灵魂流淌着盘旋着搅拌着海，海平面会越来越高直至这座城市完全消失，如果晕乎乎的春天就这样持续下去……

会吗？永恒的春天意味着海潮高涨，哪里都去不了的黑猩猩不是被白鲸吃了，就是吃了来挑衅的白鲸。红发的朋友在水烟馆被人揍得鼻青脸肿，他去取预定的比萨时被流弹擦伤了肩膀。他们坐在河边抽烟，也许烟里掺多了迷幻剂，他们以为粼粼波光是滔天巨浪，惨叫着沿河岸狂奔。他们不约而同地跑向跳楼机，为了再望一眼游乐场对岸的荒岛。他们以为自己已经沉入海底，攀爬霓虹灯管时会有海水的浮力助他们腾飞，于是反反复复地起跳又落下，却根本没有离开游乐场的地面。

游乐场原本就建在火车站和植物园之间，地面上堆满完整坠落的茶花，鲜红的、粉白的、因脱水而变黑的茶花。更硕大的牡丹在远处，哪怕蓓蕾都大过盛开的茶花，树丛的间隙里闪现着明黄和姹紫。春天的行进不可抗拒，春天的衰亡同样无法挽回，就像红发朋友和他的起跳和落地，反反复复，执着又徒劳，令清醒的围观者发出哄笑，可谁又真的保持着清醒呢？

也许只有她？她站在围观的人群后面，穿着吊带背心和及地长裙，背后的刺青是渡鸦，胸前有巨大的马头，马的八只脚在她腰间，跟她睡觉的人都见过。她的后面是一片斜坡，长满了蕾丝花和金鱼草，甚至还竖立着铜质驯鹿铜像。天快黑了，他跳不动了，红发的朋友非常沮丧，因为笼罩他们的空气不是海水。他拖着沮丧的朋友离开游乐场，经过抱着胳膊冷眼旁观的她，她向他伸出掌心，那里滚动着一团飞絮。

她的手掌蕾丝花那般平而薄，他借着西斜的阳光注意到山坡上的蕾丝花都蒙着一层飞絮。再仔细看，空气里飘飞的都是白絮，人们像是穿行于水母所组成的阵列里，而所谓的水母，原来是蒲公英花籽、稠李残瓣和柳絮。这些想必就是人们陷入狂躁的病因，鲜艳的花朵令人警觉，白色飞絮却难以防备。一个月酝酿，一个月爆发，还有一个月用来筋疲力尽，再后来，就是九个月的苦苦等待。

五

春天只有三个月，三个月的疯狂需要九个月的镇定来平衡，他必须抓紧时间离开这里，趁着海还没涨潮，趁着雪还没轰然落地。他必须紧张起来，学会控制自己的肌肉，像猎手那样把精力集中于目标，手指松开的那一刻，箭是没有退路的。他必须把自己像箭那样射出去，而不是像晾衣架上的衬衫那样原地飘荡。

可是这很难，他陷在无所事事里已经太久，就连游泳去荒岛都有可能半路瞌睡，红发的朋友给他喝装在小玻璃罐里的黑咖啡，于是问题又变成了游到半路就想撒尿。他是别人和自己的麻烦。清除麻烦很难。

他想要跟着她坐热气球升空，他想要看见冰川外面的世界。她说不行，她很在意独掌与冰川沟通的权力，她是这座城市里狡猾的统治者。如果他们都已经死了，那么外面的世界就是活的，如果他们果真还活着，那么冰川的另一边就是幽冥。所以，没有必要继续求证。可是他翻遍了她拍的冰川局部，那些照片标注着详细的时间和经纬度，他因此知道过去是可以被记录的，未来是可以被推演的，而坐标意味着这一点之外还存在着广袤无垠的空间，令他因恐惧和兴奋而战栗的空白。

他决定了，要沿着铁轨穿过隧道去冰川另一边。与其在游乐场日复一日地给做棉花糖的粉衣姑娘和吃棉花糖的孩子们拉手风琴，还不如徒步离开这座城市。他准备了越野鞋和压缩饼干，红发的朋友从餐厅偷出来一箱鳕鱼罐头，他的登山包里只能装下十来盒，临走前还换下三盒，换成黄桃罐头，因为红发的朋友忽然想起来，远洋水手会因缺乏维生素而罹患败血症。他邀请红发的朋友同行，被拒绝了，红发朋友想要留在这里变成鱼。

横穿冰川的隧道好像没那么长，自动驾驶的货运列车大概两天就能来回，但还从没有人去过冰川外面。红发的朋友说可能有过，我们可能忘了，我们好像都是从冰川外面来的，可是我们什么都不记得了，这应该是有理由的。所以，没有必要去做不合理的蠢事。

留在这里所做的，也无非就是些不合理更无意义的蠢事，好比玩跳楼机，好比去荒岛过夜，好比迷恋那个装神弄鬼的姑娘。他想得很清楚，去隧道探险符合自己的人生轨迹，穿过隧道去看冰川外面的世界是人生的转折点，新的道路是怎样的，他不知道也不想知道。

冰川的外面也许战火纷飞，也许遍地荒芜，也许跟他熟悉的城市没有区别，也许，如果他沿着海岸线南下，能够去到传说中四季鲜花怒放的热带。但这都不重要，他在北方的城市活得很懒惰，无所事事的南方所能给予的最美好的东西，也无非就是懒惰。他也设想过北方的城市是强盗抚养子嗣的天堂，烧杀抢掠的强盗把自己的孩子都送去与世隔绝的冰川另一边，任凭他们醉生梦死，能别醒来就不醒来。但谁知道呢？他其实并不想改变这种生活。

他穿上鞋，背起行囊，肩头别着一朵新鲜牡丹，天亮之前就出发，天黑后才走进了隧道。他懒得打开手电筒，好在并非完全人工开通的隧道原本是山洞，洞壁上的矿物闪烁着青与蓝与紫的幽光，这是冰川燃烧的幽光。他在冰川的肚子里，世间万物唯一的灵魂有褶皱有缝隙也有空洞，他在洞穴里缓慢地行进，不可避免地瞌睡起来，意识模糊了，他去内裤里抓火柴和卷烟，却什么都摸不到，他放弃了，枕着云母岩和登山包沉沉睡去。

后来他醒了,醒来时发觉自己的头发全是湿的,身边传来微弱的虫鸣和此起彼伏的鼾声,他梦见自己回到了荒岛上,也有可能他并没有离开荒岛。他手里攥着火柴,身下是松针铺成的床铺或火堆。他使劲揉眼睛望进夜空,星光灿烂,星辰浩瀚,哪里都没有热气球的踪迹。他长长地叹息,划亮手里的火柴,看它坠落。

红色的火焰很寒冷,黄色温暖起来,青与蓝与紫勉强算得上热烈,唯有黑,唯有黑才是冰川不懈搏动的心脏。

第四辑

我们一起在灾难之地种树

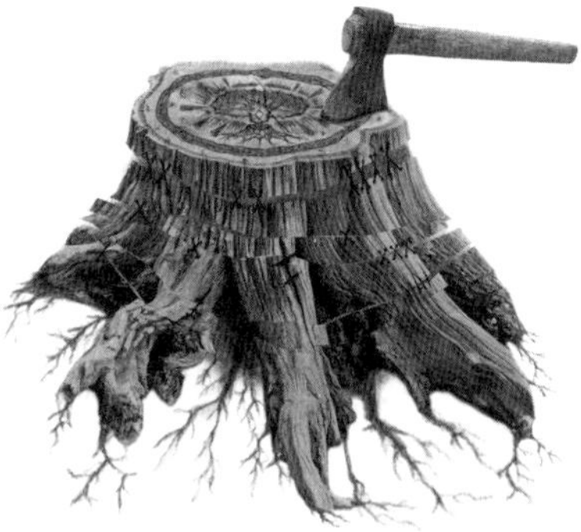

不二法门

很久以前，人还没学会说话，他们张开嘴就吐出蛇，每个人的蛇都长满鳞片和羽毛，蛇跟蛇能不能好好相处全看运气，人蹲在山坡上琢磨自己的运气，他们能看见时间里的洞和乘风漂流的岛屿，他们看见的东西都会在眼前消失，怀疑是种多么无辜的美德，很久以前，人和人蹲在山坡上握彼此的手，那时候他们都没有名字，就像开花的碧桃是世间唯一的碧桃。

乘虚登晨

如果不能拥有很多重人生，
如同花瓣簇拥着花瓣，
至少我可以尝试另一种声音，
说什么并不重要。河上的流光
无意向谁倾诉，砂石渐渐覆盖雨后
倒塌的树并不意味着有消息
需要被传递，黑顶白腹的渡鸦
从不搭理闯入它们世界里的人影。
好吧，我们也该放弃无谓的交谈，
我只是想要听见自己
用不一样的声音抚慰自己。
抚慰和训斥又有什么分别呢，
我想要看见自己拾级而上
渐渐远去的背影，如果灵魂
可以出窍可以缓慢地移动，
像灯盏悬浮于雾中那样，
我要对自己说：非人看灯灯看人。

我们都是飘忽在恒常对面的偶然……

我们都是彼此生活的陌生人

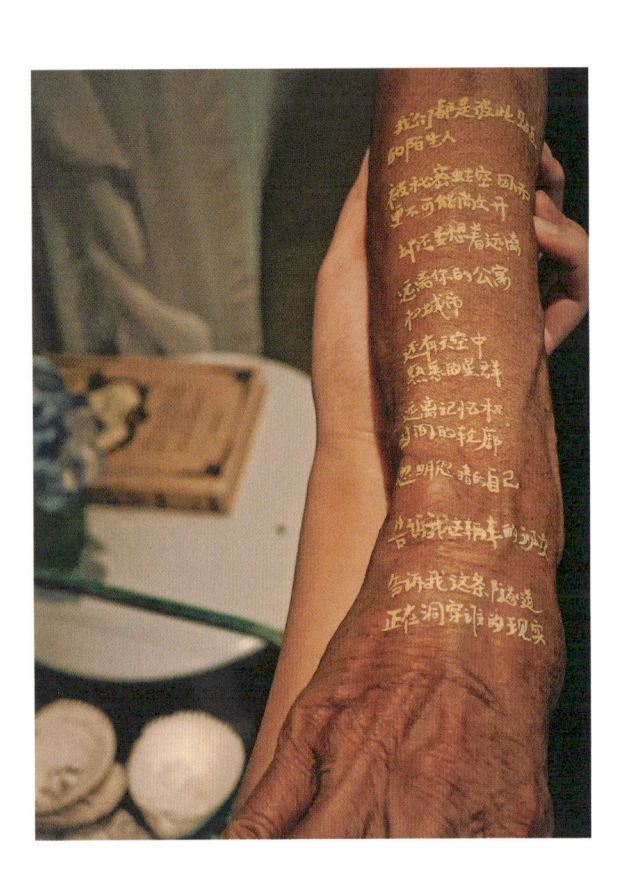

随起落霓虹空回怀
里云可能尚未开

生活都想着远啸

远离你的公寓
和城市

远走途中
熟悉的星辰

还需记忆和
身词的轮廓

证明您都自己

告诉我这朝车的动力

告诉我这条 陷远途
正在洞察谁的现实

吃草

你知道世上最甜蜜的东西是什么吗?
草,被蜜色夕阳涂抹的草,
原本嚼起来能够苦出眼泪的草,
一旦被金黄的承诺包裹,就会变成糖。
我不喜欢糖,但我需要它,
这些年来我一直在吃草,
虽然我并不是牛或羊,做人很累
我不得不竭尽全力才能不被其他人
拿铁链锁起来,我告诉他们
其实草很好吃,只要刷上糖浆
或者夕阳。太阳黑子
爆发不是我们该担忧的,
眩晕症造就的爱情才是,可是
爱过我的那些人不是早死就是在忙着生育,
他和她都太美哪怕转瞬即逝,我
唯有吃草,唯有吃草才能暂且保持平静。

从南海出发

如果你想要储藏悲伤,你得去北方,不,我说的不是俄国,而是俄国人都不敢想象的北方,可能比月球还要远,可能比冥王星还要远,但这并不重要,你只需搭上银河铁道列车,去火焰都能结成冰的北方,那里的人用火焰结成的冰占卜,但结果总是这样:你悲伤吗?你就这么悲伤着吧……天黑后和天亮前鸟都在鸣叫,你想要掐紧它们细长的头颈却根本伸不出手,你的手腕比鸟鸣声更加干脆,要是断了不好,要是就这么断了不好,雪地里的火焰再骄傲都没有用,你想要抱住他的幻影,他在消逝前警戒你:没用的,没用的,北方的悲伤和南海的妄想啊,都拯救不了任何人。

Déjà Vu

我们去过的地方,都会从我们身上撕下一层薄片,
就像我们撕下墙上的日历,撕下洋葱的表皮。
我们越走越轻盈,把一片片自己留给去过的地方,

玉兰开放,驳船马达轰响,海风吹散信天翁的阵列,
我们全都是散落各地的剪纸,悬浮着繁衍,
如同谜底呼应谜面,保持着与空气一致的密度,

也保持着正在消散的身体的记忆。我们都在消散,
我们会因故地重游而迷惑,与自己脱落的片段交错
令血流减速而惆怅变缓变重。但这不可避免。

有时岩壁能吸取空中幻影,有时旋转木马害她们迷路,
世界就是这么拥挤,我们就是这样挥霍了生命。
我们死后会被烧成灰,散落各地的碎片却因此完整,

空气里人影幢幢,她们什么都记得,什么都不说。

都是海的错

离海太近,冬天没有雪,
偶尔从东北山脉吹来的风会送来霰,
可是雪太轻太软,
没等落地就化了。所以,
我答应过的事就是这样落空的,
别怪我,都是海的错。
它好像从未清醒过,
像一只弓着背磨蹭大陆架的猫,
它说它饿了,它梦见的温暖气息
化作我们的粮食。
能听见它呼噜声的地方,我也想要停下来,
洗脸、洗土豆、洗伤痕里
那些太过细小于是懒得愈合的伤口。

地狱之门

这里真可怕,十点以后天还是亮的,而且没有萤火虫,活人太多的地方萤火虫不自在,说话太多的我也会像泄气的星星那样飘得更远,天上越来越近的亮点是准备降落的飞机,飞机上的士兵都戴着防毒面具,温度也在降落但显然太过缓慢,这里的人像河边的树那样把脚或是手臂浸没在水里,他们并没有在做梦,颜色从他们身上流走,河面急速变低因为海底的峡谷正在开启,天黑之后什么都不会发生,我们说好了,去到世界的另一面不要相认,每个人都有自己的魔鬼可以抚摸,它头上的角原来是每个人正在烧成灰的懊悔。

电影开场

树梢上的浆果由红变黑，陆陆续续地坠落，被路人踩烂，在阳光下腐朽发酵，但这仍是盛夏，没有谁会留意脚下的酒渍和绿意间偶尔闪现的红褐，盛极而衰是规律，何必要放在心里，其实太阳还没爬上中天，空气中的暑热刚开始升腾，路旁的院子里聚集起穿印花衬衫的少年，也许有五六个，也许更多，他们打闹着压在彼此身上，就像是堆积在垃圾桶旁的比萨盒，花哨、硬挺却又理直气壮地轻浮，他们争先恐后地想要挤进一辆正在发动的车，显而易见，并非所有人都能成功，天色竟然转阴了，密布的乌云疾速聚集，大如浆果的雨点替代阳光落在地上，可是他们笑得更大声了，没能挤进车里的两个男孩坐在后备箱里，他们晃动着双腿，用手和头顶着后盖，为拥有这顶硕大的钢伞而高兴，这辆喷着废气的旧车正在艰难地爬坡……这场雨也许下一刻就要倏然而止，也许永远都不会停息，何必要放在心里呢，谁的心不曾是那个被入侵者占据、怎么都无法闭合的后备箱？

髣髴飘飖

魂是云做的鬼,魄却不是白色的鬼,魄其实像彩虹,七种颜色的魄聚在一起,就成了照亮我们的光。光从云的缝隙里掉下来,就像雨点那样打在我们头上,那是我们的魂正在问候自己。松开绳子的我就成了我们,我对我们说:你去和花鸟同生共灭,你去陪着鱼虫忘记烦忧,你去睡在岩石里沉入矿脉,你去回想起星尘诞生时消亡的万千世界。

放逐

未曾出口就被咽下的话语
烧灼我的喉咙
人终究比灯盏和茶壶坚固
会逃跑的人是打不碎的
我把自己塞进摇晃的车厢
我们都是彼此贴近的陌生人
被秘密蛀空因而更不可能敞开
却还妄想着远离
远离你的公寓和城市
还有天空中熟悉的星群
远离记忆和时间
还有轮廓忽明忽暗的自己
告诉我这辆车的班次
告诉我这条隧道正在洞穿谁的现实

腐烂的果实

相爱的人呐，你们要吃腐烂的果实，
不要去公共浴室门前兜售绛紫和橘黄的兰花，
不要在市政厅门前的长廊里做爱并过夜，
你们要吃果实腐烂时散发的灵魂，
要吃成群结队的灵魂直到它们像飞翔的网那样兜起你们，
要在绝望中拥抱彼此，因为腐烂的果实
随时都会抛弃你们，你们做好准备落在树梢了吗？
落在湖面上并不会减轻疼痛，落在花岗石
打磨而成的墓碑上的话，可是会粉身碎骨的哟，
那些不是你们的墓碑，那些只是你们仍然相爱的见证。

归墟

醒来后,我擦拭镜子,重新认识自己——我是谁?这仍然是个谜。我又推开窗,想要重新发现这世界,可雨下得很大,什么都看不见。接下来我还要重新学习说话、写字,却不知该模仿谁的口音,继承谁的语言。我重新开始呼吸并抽搐,比脱离水面的鱼更为狼狈;我重新拼凑起铁锈、刀片和碎骨直到它们呈现出你的形状。我渴望自己不曾醒来,这一切太过疼痛,我说的是拥抱着你,重新经历疼痛以及对疼痛的习以为常。

混元圣纪

去空青之林吧,那里的鸟累了就像人一样走路,被吟诵的文章一旦安静就会变成流苏形状的花束,空气中悬浮的六角铃铛牵引着镜面内外分道扬镳的鹿群。我已抵达,这里的水就是火焰俯身变得透明,这种白比最深的黑更暗沉,深渊般聚集的死者终于获得了生命之上的生命,从虚无中切割出实有的刀锋正融化。所以,你为什么还在犹豫并颤抖?

看……

她们在河边遇见搁浅的鱼,那是一条很大的鱼,有多大呢,每个人都展开双臂去比画。

孩子的怀抱像松弛的弓,力量尚在积蓄,凤凰花漂浮在树梢尚未飘落成鲜红发黑的地毯,道路坦白,奔跑的脚步叩响不存在的秘密之门。

成人的臂长约等于身高,所以她想说鱼就是我,或者我才是鱼学会了在没有水的空气里存活,我的血管里扎满了刺就像是花瓶里囚禁着无穷闪电。

白发的老妪也在,她穿着蓝底碎花包身裙,她用树枝把鱼推回水里,侧躺的鱼贴在粼粼波纹上,同桥上路人失落的头巾一起漂向海洋。

她们都要去看海,所有流淌着的河流难道不都与海联通吗?所有安静或安静的鱼难道不都消失了吗……

劳蛛缀网

我与蜘蛛并无分别，我每时每刻都在吐丝，我盯着这个世界却什么都看不见，也听不见更摸不着，我什么都说不出也记不得，可是我有这些丝。我并不想牵挂经过的人但这些丝的纠缠不会断，哪怕有人已经死了有人尚未出生，我和更多的吐丝者一起操纵不愿成型又不肯消散的幻影。寿命比人短的生物有很多，它们也在蛛丝的另一端起伏如同海浪遭遇礁石，但与海岸线和行星的阵列相比，我们都是飘忽在恒常对面的偶然。我以为我在吐丝，我吐这些丝编织出与我交错行踪的你们，你们看不见也听不见我的存在，你们可能正在梦见我，冰睡着了就瘫软成水而水的解脱是云雾。

落实思树

真正的圆是不存在的,在这个残缺的世界里。柳树被风吹拂,对面是开花的橡树,鹅黄的新芽与嫩绿的流苏就像是镜子两端的纹饰醒来,就像是被分割的左手与右手仍在遥相呼应。牵着手的人已经走散了,如果下雨那是因为圆形的瓮在鸣响,如果这圆是完美的,我那些死去的朋友就能循着远去的路回来,她们真的想要回来吗?牵挂就是撕开已经愈合的伤口,揭开这个残缺世界的面纱,那么遗忘呢?我试着在灾难之地种树,柳树和橡树每年都在沉睡后醒来,它们比人类更接近真理,它们的不完美能够被原谅。

Panpsychism

人之所以成为人，我之所以还是我，
所依赖的力量来自遗忘而非记忆。
我原本是会飞的，鹰的视野
就是我的视野，唯有蛇和昆虫察觉的
速度也曾属于我；我原本能听见次声与超声，
水域之外的波澜同样能涤荡顽石。

我的喜悦覆盖活着的和无机的存在，
它们原本就是彼此交织的缘分，
如同我的衣裳珍爱我的皮肤就是抚慰
它自己和我自己。我并不悲哀，
我无处不在也无所不知，被风吹灭的火
和闪着金光的露珠都是同一茎青草的灵魂。

我为什么要关闭那扇窗，世界
曾经是完整的，我切断摸索的双手，
用我正在摸索的双手。我诞生于断裂，
乘坐漫溢的光谱升入黑暗，
黑暗赋予我形状，孤独你好，我
遗忘的东西太多太杂，疼痛的身体又太微渺。

入海口

河流往西，遇到东风的时候，水面上就会堆满不规则的鱼鳞纹，想要前涌，却又退缩，所有的力气都消耗于原地打转，更可怜的是那几只海鸥，它们迎着风飞翔，却被无形的巨手抛向桥后的森林，森林的尽头就是河心岛的尽头，风踩着弯曲的树梢去东边，陆地无边无际，逃亡的人群河流般蜿蜒，说吧，你想要逃离的是什么，劣质啤酒令眼睛和腹部肿胀，相信了不能兑现的诺言就好像一脚踏进地雷场再不敢挪动身子，拉起手，拉起手来，我们与海只有一步之遥，那是玻璃般凝固而耀眼的海啊……

世界荒谬,人更残忍

顺时针转动开关把灯拧灭;钻进被窝,把自己蜷缩成茧里的虫;外面是在下雨还是有人假装酒醉却在真的痛哭?我什么都不在乎因为再没有足够的力气,就像废弃的车在陌生人门前生锈,就像落地的枯叶虽然偶有红绿却已经被放弃。

在这之前,等等,我已经什么都不记得了,不再对自己失望,也不必津津乐道爱人或朋友的背叛。能够感觉并保持疼痛是一种奢侈,我从手腕上抹下金灿灿的手镯,但它不肯在火里熔化,也不曾与我交换任何信息。

比我活得久的都是从未进入生活的,比如金属、太阳和希望。在我怀里变冷的,只是被拧下来的双手、双脚和双耳,怎么把它们装回去,是我即便挣扎于梦网都不知如何回答的问题。我只知道:世界荒谬,正如人更为残忍。

双头蛇

我在路上遇见一条双头蛇。我想要离开，它说：你已经没有什么力气了，世界并没有变得更好，世界显得更坏也只是因为你的力气像血一样正在流逝，世界越来越轻成为薄膜令你的挣扎荒唐可笑。好吧，那我留下来，放弃越狱者的骄傲，不再试图捅破薄膜去触及其他人类或非人类，也不会提起原本就空空如也的行李箱抖落满地妄想。可是它又说：走吧，这里的梨树开花是臭的，世界上的梨树在哪里开花都是臭的，但至少，遥远的梨树总能互相传递问候，这才是你存在且漂泊不定的意义。

水滴石穿

你知道什么时候,叶子会变得透明?必须是初秋,初秋的傍晚,不太强烈的夕阳和蹑手蹑脚的微风恰好相逢,有些叶子已经飘落,有些叶子挂在枝头像橘红色灯泡,还有更多叶子正在由绿转黄。它们可以被看穿,闪着光的它们正在被光吞噬,像是就要消失,就这样消失该多好。你开始忘记什么是知识,所以痛苦也是可以被撕开的,线头来源处的壁挂正在分崩离析,画上的脸繁茂如叶丛,我们也从那里来吗?我们早已学会了忍耐,你知道吗?什么时候,水滴才能到达世界的背面?

它们都在尖叫

谁说植物都是安静的,你只是听不见
它们的欢笑和哭喊,它们膨胀的速度
是无中生有的奇迹,当风摇动整片树林时,
你会看见云层和树冠之间,那就要出现
却还没稳定成形的力量,那也许可以被称为精,
属于活得太久的动物或者歇斯底里的植物,
植物都急着交流,它们爬满墙和窗子,
其实在人类之外的世界里它们仍然忙于攀缘,
它们想要得到更多的光,更多的光
涌动于它们的枝叶令喧嚣声更为激烈,
只有雨水,只有雨水才能暂且淹没它们,
它们陷入汪洋,梦想着鲲的背鳍和鹏的翅膀。

糖纸上缀满钻石

天还没亮,街灯的橙色光晕舔舐着积雪,穿卡其短裤的邮差摁响门铃,在台阶前留下被缎带缠绕的剪刀和新鲜牡丹。我还没醒来,壁炉里没有火苗,散落的蛛丝向上漂浮,洗手池里堆满空白的信笺,用来丈量太妃糖国度与月球的距离。这时,我的朋友听见了铃声,她们欢笑着跑下楼梯。"不要,不要推开那扇门!"我的手却并不能穿透幻影,如同细微的水流无法阻挡游鱼,她们为什么不知疲倦,夜与昼、虚与实的交融之地雾气弥漫,她们不知疲倦地追逐着什么。

听……

夏天是有声音的。橡树、白桦和悬铃木的叶子不再鲜嫩多汁，它们已经完全伸展，变得又硬又脆，从绿里透着灰，是风中晃动的铃鼓。被断断续续的雨水喂养着，河水膨胀起来，流淌得低沉缓慢，不再是春天的轻快调子。可是你们还没有听到山里的蝉鸣！只有在峡谷旁的密林里才有如此摄人心魄的合唱，也许那里只有三五只，三五十只，或是三五百只蝉，巨大的音波像是要直接推开天堂或是地狱之门。我承认我害怕了，我逃回了山下的村落，时近深夜，天还没有黑，晚霞和极光是面容苍白眼神迷离的孪生姐妹。我渐渐安静下来，听到自己在呼吸，这也是夏天在呼吸，我们彼此抚摸，床榻旁撒落着细碎的、黄白相间的荚蒾花。

望天

我走出房间,虚掩上门,去走廊另一头看天,我还能听见房间里的交谈声,有人唱着歌,有玻璃杯落地破碎,有风搅乱满地纸张。我知道房间在我离开后是空的,也许即便我在那里时它也是空的,我用掌根拍打耳朵想要把臆想中的声音赶走,可它们还在膨胀。这是个好消息,我努力地看天,想要看到臆想中的空间折扇般展开,死去的朋友还活着,被埋葬的财富仍然熠熠生辉,被规则所剪裁的世界一旦逃逸便成为了魔法。

新年快乐

他从废弃的足球场边经过,右手
攥着一丛新摘的野菊花,
他戴黑色绒线帽,穿长款灰呢大衣,
飘着雨的黄昏并没有淹没黄色的野菊花,
他手里的花束小而整洁,
山坡上的花群像星群那样微渺而浩瀚,
他和他的远去都被我看见了,
这一天就要结束了,这一年就要结束了,
这一生也终究是要结束的,
他以为总有几朵花是属于他的,
我也有类似的错觉,以为总有一些
莫名的画面和平静的震惊是属于我的。

星星落在那个人身上

井里竟然有水,水里竟然漂着一个人。
我很怕他转过身子看见我,于是跳上双层巴士,
挤过袖子上绣着各色海鱼的游客去车顶。

彩条从街道两旁的钟楼尖顶向下翻滚,
我好像变得很小,像海鸥、鸽子甚至吃蜜的蜂鸟。
我躲不开那些五颜六色的山崩,
更糟的是,还有人在唱歌:"去摸月亮,
无论怎样的疯子,只要摸到了月亮就会安静。"

所以我才独自搬开了井上的石板吗……
海鸥、鸽子和吃蜜的蜂鸟都落进了这口废弃的井,
井里竟然有水,水里竟然漂着一个人。

地下的河流都是相通的,无论我逃去哪里,
他都会在那里等我。他戴靛蓝色的帽子
背上撒满连枝带梗的野菊花,正如它们有根,
他有手指,我说不清自己是畏惧
被抓痛,还是在渴望那种被抓痛的亲密。

饮鸩

我吞了一块冰,在它的帮助下
摸索自己的食道和胃,
它们不喜欢寒冷的异物,
它们不情愿地回应意料之外的刺激,
像是躲在暗处的人终于走进光里,
急促地捂住自己的眼睛和嘴,
光和雨都喜欢触摸花园里的杂草,
我却不喜欢触摸和被触摸,
悲伤中的我只剩下消化器官,
食管和胃的难题是不能腐蚀自己,
我不再想起你,却还是会
不小心吞下嚼不烂的冰,
它在胃酸里努力维持自己的形状,
就像你在熔岩深处低声吟唱,
你呀,你,谁都不能将其驯服的女妖。

雨马雾裘

这里空气潮湿,分不清雨和雾,
蒙在脸上,分不清是笑还是哭,
但这并不重要,无人认领的信件
来自吉布提,我们如果坐船却只能
前往魁北克,所以这里应该有一栋房子,
把桥拆了吧我们需要钢筋,
把墙推倒吧为了得到足够的砖块,
把人种在土里等他们发芽
长出多余的器官和自我,等一下,
雨里和雾里的烟花会变成哑巴吗?
口含枪管的哑巴在枪响
那一刻宣告的,是家族的徽章吗?

圆与切线

我踩到了一团盘在地上的蛇。我还没醒来，但我已经走了很远，遇见了一个蹲在路边抽烟的男人，一丛开在山崖上的粉色蔷薇，和一团盘在地上的蛇。我梦见自己的脚心被冰冷的东西刺痛却叫不出声来，梦里的哭泣没有眼泪和声音，就好像在沙里钓鱼却钩起了没有眼睛的青烟，去水底点火却踩到了边喷发边凝结的岩浆。我听不懂蛇的语言却明白它在说什么，我即将凭空消失而它被钉在自身的盘旋里，永恒是没有缺口的，我踩着它滑倒，从额头的伤口里涌出血和蜜而我仍然不相信我就是我。

在灾难之地种树

偏离命运的努力注定落空,我学会了平静,学会了侧卧时蜷身哀嚎却不发出任何声音,住在镜子里的独眼巨人对我说没有人,这里没有人,是吗?我用绷紧的指骨关节推开镜面上过于浓厚的灰尘,然而哪里都没有光,我又被迫学会了等待,升起的既然又落下了,那么死去的一定会回来,遇见艾琳娜的姑娘也叫作艾琳娜,世间的方向不过是一团被融化的箭矢,如果她们是根茎里违背重力的生命,那么我们一起,我们一起在灾难之地种树。

重要的事

下雨天才能做重要的事,
烧柴、打铁、剪羊毛还有盖房子。

雨落在山岗上和峡谷里,
为了更好地看雨,我们摘下眼珠
挂在窗前,挂在一起的还有彩灯和纸船。

我们来数一下落在水桶里的雨点,
花的盛开和王朝的衰亡都无法
与之抗衡的,是一滴雨点的重量。

被雨砸进土里的水桶围聚了一圈又一圈,
这就是我们勉强活着的样子:
驮着好不容易积攒起的水奔走,
却又在奔走中漏光赖以生存的水。

是谁往水里扔石子激起涟漪?
是谁把头伸进水桶寻找星群的倒影?

只有在下雨天才能做重要的事,
只有在水桶朝天敞开的时候,
我们才能沉沉睡去,默默死去,承诺回归。

后记

诗与克苏鲁

我是个写诗的人,却不喜欢以诗人自居。诗人听起来像个有点风光的头衔,我在意的只是写诗这件事而已。就写诗这件事而言,我至多能算是个反面教材,我的前车之覆可以给大家做个后车之鉴。为什么是反面教材呢,我的写作没有野心和追求尚在其次,更重要的是,我实在贡献不出什么有意义的观念或是可磨炼的技巧。这么多年来,我瞎七搭八地写,破罐破摔地写,死去活来地写,原先还心怀羞愧,现在倒是渐渐能够坦然面对自己无才无能的现实,真正体会到了苦中作乐的乐趣。

同大家探讨一下对诗的理解吧。我准备了一个哗众取宠甚至耸人听闻的题目——"诗与克苏鲁"。大家或多或少都听说过克苏鲁,这是美国恐怖小说家 H. P. 洛夫克拉夫特(Howard Phillips Lovecraft)创造出的一种怪物,最早出现于 1928 年发表的短篇小说《克苏鲁的呼唤》(*The Call of Cthulhu*)中。远古时代,克苏鲁和其他"旧日支配者"(Great Old Ones)从外太空降临地球,曾经统治并奴役人类,当前藏身于大海、深山或异度空间里,随时有可能再度君临天下,宣告人类文明的终结。克苏鲁系列故事的主人公大多是学者、探险家、调查员等理性人士,他们的寻怪之旅却总是以理智被摧毁而收场,主人公陷入疯狂和死亡正是因为他们胆大妄为地探寻乃至直面了克苏鲁。据说克苏鲁的形态不可理喻、无法形容,人类的渺小头脑无法承受这种显现,于是丧失理智陷入癫狂。所以,克苏鲁神话极力渲染的情绪是恐惧,人类对未知的恐惧，这种恐惧不应当被克服，因为它恰好是我们在浩瀚而冷漠的宇宙中苟且偷生所必需的庇护所。

"克苏鲁神话"（The Cthulhu Mythos）是一个不断扩张的跨媒体、跨文化体系，为之进行集体创作的除了洛夫克拉夫特，还有他的追随者诸如奥古斯特·德勒斯（August Derleth）和林·卡特（Lin Carter）等人，以及世界各地的小说写手、影视制作者和游戏玩家。克苏鲁神话对欧美流行文化有着深远的影响。在传入中国之后，激发出了2010年代《巴虺的牧群》《黑太岁》等尝试将克苏鲁中国化的短篇小说，更有2020年代与病毒同步流行的克系修仙小说《道祖是克苏鲁》《道诡异仙》等，这些都可谓是有中国特色的克苏鲁书写。

那么，为什么要把诗和克苏鲁相提并论？原因很简单，我是个写诗的人，更是宗教与文学研究者，对批评理论还怀有相当的热情。惭愧地说，分析小说和推演概念都比谈诗要简单，投机取巧的我不太会谈诗，只能请出克苏鲁这尊魔神挽尊。我曾经询问过朋友，在谈论文学的时候究竟该谈论什么。有人建议我探讨文学传统、社会议题和个人性情这三者之间的关系。我想了一下，觉得自己对所谓严肃文学的传统已经丧失了兴趣，而社会议题瞬息万变难以把握，那就只能置换成类型小说与批评理论。克苏鲁神话是典型的恐怖小说。在2010年代，当代批评理论的重要思潮诸如思辨实在论、后人类主义、新物质主义等与克苏鲁神话发生了交集，洛夫克拉夫特甚至被奉为荷尔德林、博尔赫斯等经典作家的接班人。谈理论视野里的恐怖小说应该有趣。最后，就个人性情而言，我倒也能算是个克系写诗人，写诗的原动力是恐惧，最终目标是与虚无和解。

经常有人提这样的问题：你是怎样开始写诗的？我相信每次回答都是一场即兴表演。这一次，我想说写诗是为了在恐惧中寻求暂且舒缓恐惧，在语言中拥抱语言的局限。当我还是小学低年级学生时，家里有很多科普读物，不记得在哪本杂志上，我得知了宇宙中黑洞的存在，从此陷入了莫名恐慌，感觉身边的一切都失去了意义，感觉自己无论如何地勇猛奋进或是寻欢作乐，都最终逃不过"宇宙的冷漠"（cosmic indifference）。花再好月再圆都终究徒劳，因为总会有黑洞来吞噬一切光线。当时的我就像是洛夫克拉夫特笔下的主人公般惶惶不可终日，又不敢与人交流，因为得到的答复无非是"黑洞跟我们的生活有什么关系"，于是只能开始写诗，用纸笔向想象中的倾听者倾诉，自己为自己提供开解和安慰。开玩笑地说，有些人写诗大概是为了追求美，我写诗是为了逃避黑洞。写诗这么多年来，我已经接受了人生乃至整个世界的无意义。风流云散，日升月落，斗转星移，都是很好或很不好的事，但是与我有什么关系呢。没有必要沉湎，除非是沉湎于无知与迷惘，也无须热衷，但是不妨热衷于无情与淡漠。

如何读诗，如何写诗

很多人关心在读诗的时候怎么做判断：比方说诗该如何定义、诗与小说或是散文的边界怎么划分、具体作品的好坏由谁来判断、标准是什么。我要声明一下，我接受标准的多元和判断的流变，反感秩序和等级，拒绝把不加省察的前见也就是偏见强加于文本。像"诗必须分行""流行文化就是低级趣味"这类的说法在我看来都是无稽之谈。带着这些前见也就是偏见去判断诗或者任何作品是我厌恶的行为。我不能说这样做就不对，在特定的语境里这样做也许能激发出真知灼见。我也不能保证自己绝对不会这样做，我们不可能做到绝对不依赖文化的积累或是说负累。但我可以毫不掩饰地说，身为平等主义者的我厌恶这样的做法。诗的任务是冲破既定现实而非被既定现实所切割，是齐万物而非落入高低贵贱的窠臼。我拒绝戴着一堆有色眼镜去给作品分类分等，只有在与作品具体接触之后，我才可以整合并表达我的感受，所谓的诗，就是帮助我拓展感知更能迫使我强烈意识到感知局限性的东西。

还有一类大家都很关心的问题就是：写作者受谁的影响，写作者要不要模仿前人，或者反过来说，要不要摆脱影响的焦虑。最好是再来点推荐书单，让大家可以按图索骥。但书买来了就束之高阁也是可想而知的事。我为了督促自己锻炼偶尔会去买健身房会员，买了之后心安很多，但自己到底去不去健身呢，坦白地说，懒人获得了心理安慰之后不会变得更有行动力。关于写诗受到了谁的影响，自己有没有焦虑，我也很坦白：影响我的三位诗人是阿瑟·兰波（Arthur Rimbaud）、弗拉基米尔·马雅可夫斯基（Vladimir Mayakovsky）和亨利·米修（Henri Michaux），他们分别是我小学、中学、大学时的偶像。很遗憾，我没有更早地接触到艾米莉·狄金森（Emily Dickinson）和西尔维娅·普拉斯

（Sylvia Plath）那样的女诗人。还有一点，虽然我受过英文系和比较文学的训练，知道读诗做研究都必须针对原文，但真正影响到我的却并不是中文或英语诗人，也就是说就连我这样的"原文主义者"都不能摒弃翻译的作用。

要说从兰波、马雅可夫斯基、米修那里学到了什么，我想大概是躺平耍赖而非什么武功秘籍。这仨在风格上都有一定的不可模仿性，也就是说个性太强以至于无法复刻。兰波在《醉舟》中使用通感纯熟得近乎通灵，使得后人一旦玩弄感官之间的挪移就仿佛在为兰波招魂。他对我真正的教诲应该是：二十来岁说不写就不写转身去当雇佣兵浪迹天涯竟然是可能的甚至已经发生了。这让我从小就学会了别把诗太当回事，拿得起放得下才能吃得香睡得沉。中学时我读到了马雅可夫斯基的《穿裤子的云》，顿时迷恋上了他的奇崛意象，至今我仍然会在怪诞粗鲁和精致文雅的词汇之间不假思索地选择前者，因为那才是马雅可夫斯基的诗意，时刻准备着给社会和审美的（也就是大众和小众的）趣味一记耳光。当然了，这可能只是我这样一个失败者给自己编造的借口。

最后来说米修。我在读本科的时候和隔壁法语系的朋友一起捧着字典翻译米修，于是自然而然地学会了写不分行的法式散文诗。米修为了摆脱理性束缚甚至尝试服用致幻剂在不清醒的状态下写作，我显然没有那个胆量，却不可避免地以幻觉为美。之所以会喜欢米修的诗，归根结底还是出于发自心底的认同吧。嗑药写诗这事反正我干不来，但我能做到不嗑药就日常发癫。后来我来到美国读书，断断续续买了几本法英对照的米修诗集，了解到米修还想象出一种叫作"梅德森"（Meidosems）的奇异生物，它们就生活在我们的日常生活中，却躲藏在所谓的皱褶里，在那里世界无声地崩塌并重组，把亲密的存在分离，让遥远的陌生相逢。梅德森的形体是浮动的气泡、树杈和电线，它们变幻莫测，沉睡又醒来，清醒又睡去。我觉得自己好像时刻都在与它们擦肩而过。米修的幻想对我而言，也许是现实深处的本质，也许是现实深处的虚空。梅德森就是轻盈可爱的克苏鲁，而克苏鲁就是变异恐怖的梅德森。

米修的幻想太过诱人，以至于我渐渐放弃了读诗。当然，更合理的理由还有很多，比方说"汝果欲学诗，工夫在诗外"；还有就是，自己越来越疲于奔命哪怕最后还是只能认命。如今我有意地回避读别人的诗，世界太过丰饶复杂，我需要把有限的时间和精力都用来寻找自己与虚空之间那条不可能存在的通道。有人会以为写诗的关键在于找到自己的声音，我这人比较缺乏自我意识，哪怕胸怀深处真有什么块垒需要被抒发，也并不纠结于抒发的独特姿态。其实，放弃自我也未尝不是一种姿态，而被抒发的块垒很可能只是人拥抱自身局限时所无法摆脱的恐惧。勇于恐惧这一悖论，才是我写诗的原动力。

至于如何写诗，这个问题比如何读诗更难回答。我曾经问过身边在创意写作项目上课的学生，课上都有哪些有趣的活动。有个学生说，老师邀请大家准备三个词形容窗前的树木，都去写到黑板上，然后再让大家写一句话，句子里不许出现黑板上的任何词。这种练习有两个有趣的点。第一，词语的重要性。我虽然没有受过创写的训练，但我是科班出身

后记：诗与克苏鲁　187

的文学评论者,知道要在阅读中关注措辞(diction)与意象(imagery),句法(syntax),节奏/格律与押韵(rhythm and rhyme),还有声调/口吻(tone),等等。这些语言的细节都是帮助我们实现特定效果的根本手段,也是可以不断磨炼的技巧。比方说不同词语的声形意如何互相配合;句子的主谓宾如何安置;在哪里分行或是折行;个人口吻如何借助特定的语气和节奏实现。然而,我不打算在任何一个方面详细展开。因为,排除法练习的第二点意义就在于:不要去沿着自己和别人都可想而知的道路去写作,模仿和重复当然重要,但我们最终需要的是属于自己的方向,由自己开拓出的方向。

比起汗牛充栋的古今中外诗作,我更依赖自己的梦境、直觉甚至幻觉。我经常随手记录自己的梦境,试图去捕捉怪诞的形象、扭曲的逻辑、不连贯的情节和异常激烈却缺乏具体指向的情绪。我甚至会刻意地与审美套路或是政治诉求保持距离,因为我坚信语言、理性和意义是有局限的,诗的有趣之处不是实现而是逃逸。所以,我把诗理解成通道、病毒和克苏鲁的呼唤以及我们的回应。

身为不登大雅之堂的无名写诗人,我胆大妄为地宣称:诗是通道,诗是生命力的通道。这里的生命力可以被理解为欲望,不是诗言志的志,也不是诗缘情的情,而是赤裸裸的欲,诗纵欲的欲。诗是生命力出乎意料不可控制的通道,生命力不仅仅限于生命体,更是本体层面涌动于物质自身的活力。搭建诗这条欲望通道的最根本的原材料是语言。语言不是诗的目的,语言只是诗用以拓展感知、经验和神秘的唯一手段。诗是语言构建起来的通道,诗也是从未知处倾泻而来的光。读诗人被照亮时,却还有很长的路要走,这种状态叫作——不懂却喜欢。而写诗人是先于读者融化在光里的飞虫,永远比同方向的读者先一步,比反方向而来的诗慢一步,写诗人越渺小,光就越汹涌。

我可以给出的第二种对诗的理解是:诗是病毒。诗是由语言外壳包裹的生命结构,它侵入我们的生活,肆无忌惮地复制自己,教会我们感受并忍耐不可言说的痛苦,也教会我们接受并参与自身和世界的变幻莫测。如果把日常交流比拟成作为基本生命单位的细胞,诗就像是病毒,是一场注定的侵略和劫持。诗的衣壳是一种反语言的语言模式。诗的内核是一种反遗传的遗传信息,诗不是生命的简单延续而是毁灭和创造,是生与死之间的暧昧境界。

诗当然要言志,也当然可以缘情,但更有纵欲的使命。诗是叛离、侵犯和劫持。如果说志是理智的,情所指的是感情,那么欲就是情动和癫狂,是内在于物质本身的动态与盈余,是先于情感的情动,是对抗理性的癫狂,是任何规范都不能驯化和控制的。欲望在身体之间流动,欲望在包括身体的物体之间流动,欲望为自己找到的通道有可能是诗,也并不一定就是诗。所谓的纵欲就是鼓动欲望叛离正轨进而劫持现有的自然结构、社会结构和权力结构。而这正是病毒与细胞的区别。

如果说病毒仍然只是自然界的现象,那么,诗更应该被理解为克苏鲁,超越经验世界的恐怖存在。诗是突破一切固化诗意的冲动,诗所征用的是挑战语言极限的语言,诗的类比物是否定神学与否定哲学;诗当然容纳情感和理性,但它真正的魅力却来自对情感和理性的双重超越，以及对情动与癫狂的无限逼近；诗可以寄身于审美框架或是依附于政治诉求，却始终保持自身的无以名状和不可理喻。为了解释这些空洞的疯话，我们来看学者们如何解析克苏鲁的意义，或者说反意义。

宗教学者眼中的克苏鲁热

为什么人们会对怪物、未知和内心的恐惧着迷？克苏鲁研究者莫里斯·莱维（Maurice Lévy）在1988年出版的著作《洛夫克拉夫特，奇幻研究》(*Lovecraft, A Study in the Fantastic*) 一书中指出，作者的诡谲想象满足了他自己以及读者对神秘的需求，也能够填补不可知论和绝望在人们心中造就的空洞。克苏鲁研究中有这样两种路径。一方面，宗教学者将克苏鲁神话的流行归咎于业已祛魅的现代社会里的复魅冲动。我们对神秘事物充满好奇，对未知领域心怀敬畏，惊惧是人类生存不可或缺的经验。现代理性和科技知识的进步并没有创造出完美的乌托邦，相反地，我们不仅被剥夺了与自然、群体和宇宙的关联，更是困扰于工具理性对生命价值的压制和统治机构对生活世界的侵袭。我们渴望重建意义，哪怕是借助于极端的、关于毁灭的想象。另一方面，哲学家和文化理论家赞颂克苏鲁神话的持续祛魅，洛夫克拉夫特的悲观精神和虚无主义为人类的狂妄自大提供了一剂解药。在祛魅的现代社会里，人类个体的独立自主和人类社会的进步扩张被盲目推崇，能够冲击这种不容置疑的神圣信仰的恰好是对克苏鲁的由衷恐惧。

洛夫克拉夫特强调自己是无神论者和唯物主义者,他的恐怖故事不是奇幻的,而是科学的。然而,他只是背离了所谓的正统宗教,即基督新教,而不是更广义的怪力乱神。他对二十世纪初的比较宗教研究表现出浓厚的兴趣,钻研了这方面的著作,比如民俗学家玛格丽特·穆雷(Margaret Murray)的《西欧的巫术崇拜》(*The Witch-Cult in Western Europe*, 1921)。西方神秘学研究的重要学者乌特·哈内赫拉夫(Wouter J. Hanegraaff)在《真实荒漠里的虚构:洛夫克拉夫特的克苏鲁神话》("Fiction in the Desert of the Real: Lovecraft's Cthulhu Mythos", 2007)一文中指出,洛夫克拉夫特怪物想象的基本素材来自各种异教迷信,即所谓的"西方神秘主义"。西方神秘主义是一种虚构的文化想象,不能混同于历史上被污名化的宗教思想、实践和组织,进行这种污名化的是占霸权地位的基督教正统神学和其后的现代启蒙理性,被污名化的历史存在近乎于想象而非现实。哈内赫拉夫对洛夫克拉夫特小说中常见的发疯现象做出了这样的解释:这些精神失常的人物是持正统立场的基督教探险家的隐秘后人,曾经的神学家对"不可名状"的异教魔鬼和向它们献祭的"邪恶"仪式感到厌恶,而洛夫克拉夫特笔下的调查员则在遭遇克苏鲁时直接丧失理智,这是跨文化交流中对"他者"产生排异反应的升级版本。

更有趣的是,哈内赫拉夫在洛夫克拉夫特的恐怖故事中发现了一种"浪漫虚无主义"(Romantic Nihilism)。这种虚无主义不仅在情感上为作者和读者提供意想不到的满足感,甚至在意义层面也能提供满足感。它激进地拒斥"此在世界",认为它毫无意义,却因此把注意力转移到了克苏鲁潜伏其中的"异度空间"或"超验世界"。由于祛魅的过程是对超验的解构和对此在的张扬,克苏鲁神话恰好提供了对这一过程的必要反动。呼应哈内赫拉夫的解读,其他学者也注意到了洛夫克拉夫特写作中的宗教冲动,克苏鲁神话不是反世俗的,只是反正统宗教的,这些故事里的魔怪是法国社会学家埃米尔·杜尔凯姆(Émile Durkheim)所描述的区别于凡俗的神圣之物,这些故事所预言的世界终结来源于启示录传统中的末日景象,而崇拜魔怪等待天启的邪教组织则显然与东西方历史上的千年运动有关。唯一的不同是,克苏鲁体系中的神怪是污浊混乱的,末日之后再无复兴,而克苏鲁信徒所秘密延续的是一场反千年运动。

近年来,学者们不仅研究了洛夫克拉夫特的宗教观,还把讨论拓展到他的追随者和粉丝身上。以德勒斯为代表的诸多作家为什么热衷于为克苏鲁神话添砖加瓦?此后的跑团玩家为什么沉迷于角色扮演和共同演绎?宗教现象学家米尔恰·伊利亚德(Mircea Eliade)认为现代社会中的孤独个体普遍缺乏归属感,因而对失落的神话家园心怀向往并有意将其重建。在他的影响下,我们可以把克苏鲁神话所激发并依赖的集体创作看作是这种思乡归乡心态的具体表现之一。研究新宗教运动的学者更是关注到,在欧美社会里生活,克苏鲁粉丝中不乏把小说当作魔法材料的教徒,他们通过阅读克苏鲁神话发展同伴、组织仪式,获得局促乏味的都市生活中所缺乏的神秘感和身份认同。克苏鲁神话不仅源自异教迷信,更是促生了新兴的另类宗教。

克里斯托弗·帕特里奇（Christopher Patridge）把神秘主义在二十世纪后期资本主义流行文化中的广泛传播称为"神秘文化"（Occulture），UFO热、星座信仰和克苏鲁神话都是具体案例。这类现象早在十九世纪末二十世纪初就已出现，德国法兰克福学派代表人物西奥多·阿多诺（Theodor Adorno）讨论过灵智主义和招魂运动的盛行，认为人们仍然痴迷于种种魔法的根源在于现代社会中存在着统治性的神奇现象，即商品的诞生，无法认清劳动创造价值这一真相的人们转向超自然领域去寻求迷惘人生中所缺乏的解释。美国人类学家约翰·科马若夫和珍·科马若夫（John and Jean Comaroff）研究二十一世纪在欧美宗主国和亚非拉殖民地都存在的魔法复兴，在他们看来，资本主义魔法已经从商品化升级为金融化，而陷入绝望的被剥夺者目睹巨额财富凭空来去，只能在不公平的日常生活中借助于魔法去梦想不可能的可能。

理论界的"克苏鲁转向"

我们可以这样说：克苏鲁神话是当代神秘文化的组成部分，而它的悲观情绪使得复魅尝试更为亲近于普罗大众，对此在世界的拒斥又何尝不是一种无奈的批判态度？克苏鲁神话受欢迎的另一个原因在于它持续祛魅的勇气，它勇于宣告现实世界的危机，甚至是迫在眉睫的世界末日。致力于瓦解人类中心主义的理论家自然会被这些关于宇宙冷漠和人类卑微的故事所吸引，比如格雷厄姆·哈曼（Graham Harman）、尤金·萨克尔（Eugene Thacker）、帕特里夏·麦克考马克（Patricia MacCormack）和唐纳·哈拉维（Donna Haraway）。

美国哲学家哈曼是"物导向本体论"（Object-Oriented Ontology，简称OOO）的领军人物。物导向本体论兴起于二十世纪九十年代末，在2010年代广为流传，是"思辨实在主义"哲学（Speculative Realism）的重要分支。思辨实在论批评"关联主义"（Correlationism）：关联主义的核心观点是人类心灵或头脑与世界之间存在关联，而这种关联是事物存在的唯一形式；而思辨实在论所构想的宇宙中，物总是在与人或与其他物的接触中回撤，因而物包含着不被认知的存在，人不再是万物中心而只是与其他事物平等共存。哈曼于2010年代出版了《四重物》（*The Quadruple Object*，2011）和《诡异实在论：洛夫克拉夫特与哲学》（*Weird Realism: Lovecraft and Philosophy*，2012）。在《四重物》一书中，哈曼详细阐释了他的物导向本体论，这是他分析克苏鲁神话的理论框架。

哈曼认为，万物皆平等，人类不是享有特权的世界中心，人与非人、文化与自然、真实与想象等二元对立和高低等级都不成立。万物有两种类型：实在物（real objects）与感性物（sensual objects）。前者一直存在着，无论其是否影响他物；后者只存在于对实在物的关联也就是人类的感官经验中。前者是物所显现的形象之外的存在，并不能被简化为被观察者所观察到、与其相关的感性物，实在物独立于它们与我们的关系、它们与其他物的关系还有它们与它们自身的具体构成之间的关系。实在物不能与他物直接产生联系，只能借助感性物间接地达成。所谓的物（objects）不能被等同于其属性

（properties），物与属性之间存在着紧张的关系；但物的属性也相应地分为两种类型：实在的与感性的，物的实在属性只能被智力探索所接近，而感性属性呼应于感官经验。以上两种物与两种物的属性可以组成一个四边形序列：实在物与实在属性构成了不可描述的物的"本质"（essence）；实在物和感性属性构成的模型是"空间"（space）；感性物与实在属性构成了从具体经验中提炼出的"理念"（eidos）；相对持久的感性物与不断流变的感性属性相结合则解释了什么是"时间"（time）。

　　沿着这样的思路，我们很容易理解为什么哈曼会如此推崇洛夫克拉夫特。哈曼原本可以去援引塞万提斯、托尔斯泰、乔伊斯或是梅尔维尔，而玛丽·雪莱、陀思妥耶夫斯基甚至爱伦·坡都是更保险的、早已经典化了的选择，但很遗憾的是，这些伟大作家都不够沉迷于恐惧，以至于哈曼只好把克苏鲁当作密涅瓦猫头鹰的替代物。洛夫克拉夫特的"宇宙冷漠主义"强调了人在面对宏大的宇宙图景时的微不足道，更是主张人类没有能力去完全掌握事物的真正奥秘。洛夫克拉夫特的写作才是"诡异实在论"（Weird Realism）的风向标，他竭尽全力地向我们展示那凌驾于感官认知的范畴之上的、不可能被人类语言、理性和知识所再现的诡异存在，所以被哈曼推崇为本体层面的绘图师。

　　洛夫克拉夫特的诡异实在论探索有两条途径：首先，他刻意地制造了在那不可言说、不可掌控之物和叙述者所能企及的勉强描述之间的鸿沟，换言之，实在和感性之间的鸿沟。其次，洛夫克拉夫特以浮夸繁复的语言著称，他尤其热爱反复描摹种种怪诞和畸形,这曾经是"低俗"类型小说写手被人诟病的所在,但哈曼认为,正是这些风格类似现代派尤其是立体主义艺术作品的过量描写帮助洛夫克拉夫特捕捉到了物与属性之间的冲突,以及实在物与人类感官经验的不兼容。所以,既然万物平等,那所谓的经典和通俗也只是诸多二元对立的错觉之一,洛夫克拉夫特这样的通俗小说家才是本体层面的绘图师,他所讲述的故事与哲学的本质有关,他是诡异实在论的桂冠诗人,而我们需要诡异实在论来冲击人类中心主义或是人类例外主义,从而找到与宇宙共存而不自毁不灭世的方式。

让我们来读一下《克苏鲁的呼唤》的开场:

我认为,世界上最仁慈的事,莫过于人类的头脑无法把它所涵盖的一切关联起来。我们生活在一座平淡无奇的小岛上,它名叫无知,被浩瀚无垠的黑暗海洋所围绕,但这并不意味着我们应当远航。各种科学沿着各自的方向努力发展,迄今为止它们对我们的伤害微乎其微;但某一天,当彼此分离的知识被拼凑起来,现实的恐怖图景以及我们在这图景中可怕的地位都将呈现出来,我们要么因这样的启示而发狂,要么从致命的光亮逃向平静安宁的新黑暗时代。

灵智学家猜想过宇宙所经历的循环是如何宏大而令人敬畏,在这循环中,我们的世界与人类种族又是多么转瞬即逝的事件。他们也曾向我们暗示过奇异的幸存事物,特意用被平淡的乐观情绪所包裹的词汇来形容这些奇迹,为了听者不陷入恐慌,就连血液都被冻结。然而,我却并不是从他们那里得以窥见被视为禁忌的远古岁月，想到这些我就不寒而栗，梦见这些我会陷入癫狂。

(《克苏鲁的呼唤》，1928）

以上引文有几点值得注意：第一句话几乎就是讨伐关联主义的檄文；而"浩瀚无垠的黑暗海洋"就是实在物与人类感知之间的鸿沟；"我们的世界与人类种族又是多么转瞬即逝"显然是去人类中心的尝试。当然，洛夫克拉夫特的形容词轰炸更是一目了然。

为洛夫克拉夫特正名的还有美国虚无主义哲学家萨克尔。同样在 2010 年代，萨克尔出版了他的三部曲《哲学的恐怖》(*The Horror of Philosophy*)，分别是《在这颗星球的尘埃中》(*In the Dust of This Planet*，2011)，《星光思辨之尸》(*Starry Speculative Corpse*，2015)，《比夜更长的触须》(*Tentacles Longer Than Night*，2015)。萨克尔认为恐怖（horror）这一类型并非简单地处理人类在世界中所感受到的恐惧（fear）。所谓的恐怖应当被理解成人类直面自身局限的方式，是人试图理解他们所无法征服的未知的方式。换言之，所谓的恐怖是一种否定哲学，是一种非哲学的尝试，思考何为无我世界，而这种尝试才是真正的哲学思考。更详细地说，以克苏鲁神话为代表的恐怖小说能够为我们提供机会思考"世界"（World）、"地球"（Earth）和"星球"（Planet）之间的差异。这里的世界是"为我们存在的世界"（the world-for-us），地球是"独自实存的世界"（the world-in-itself），而星球是"摒除了我们的世界"（the world-without-us）。

我们生活其中的世界就是"为我们存在的世界",作为人类,我们诠释并赋予这一世界以意义,把它转化为自己的家园,时而安居乐业,时而感到莫名的疏离。然而,"为我们存在的世界"并不总是遵循人类的要求和愿望而运行,人类之外的世界经常反击、抵制或无视我们苦苦塑造"为我们存在的世界"的努力。我们不妨将这个反击的世界称为"独自实存的世界"。这是世界的某种不可触及的、先天存在的状态,正在被人类持续不懈地转化为"为我们存在的世界"。"独自实存的世界"是一个自相矛盾的概念——我们一旦认识到它并试图对它采取行动,它就不再是"独自实存的世界",而变成了"为我们存在的世界"。这个自相矛盾的"独自实存的世界"的很大一部分是以科学探索为基础的:既包括科学知识的生产,也包括对世界采取行动和进行干预的技术手段。

即使"为我们存在的世界"之外仍然存在着什么,哪怕我们可以把它命名为"独自实存的世界",但可悲的悖论是,"独自实存的世界"是随着认识推进而不断后退的地平线,我们往往只在自然灾害爆发时才意识到它的存在。大难临头,我们应当怎样重建分崩离析的意义体系?萨克尔回到西方传统,发现三种应对机制:神话的、神学的和存在主义的。古希腊人给出的答案是神话的。他们在诸多悲剧作品中推衍出宿命的概念,把世界呈现为既熟悉又陌生的场所,既在凡人的掌控之中又被众神的力量所操纵。基督教时代的答案是神学的。圣经启示录和其后的经院注疏传统把非人的世界纳入了一个期待终极救赎的道德框架。现代社会中,我们开始追问人在个体和群体层面的存在意义,而这一转向的背景是科技霸权的建立、工业和信息资本主义的垄断以及民族国家之间的战争和其他形式的竞争。我们对这三种应对机制或是阐释模式都不陌生，它们的当代变形分别是：神话为文化产业提供了素材，被重制成热门电影和其他文化商品；神学随着政治和宗教的交织已扩散到意识形态冲突的狂热中；而存在主义则被包装为可供消费的自助手册和心理诊疗。这些阐释模式和它们的当代变形都将世界视为一个以人为本的世界，一个作为人类、生活在人类文化中、受人类价值观支配的"为我们存在的世界"。

和哈曼相同，萨克尔也推崇洛夫克拉夫特，因为这位几乎已经湮灭在历史长河中的"低劣"恐怖小说作者带领我们窥见了世界存在的第三种可能性——"摒弃我们的世界"。正是在文化中，尤其是幻想类的流行文化作品中，我们获得了一个场域，能够直面"摒弃我们的世界"，能够直面它的非人和冷漠，它正是横亘于"为我们存在的世界"和"独自实存的世界"之间的那道不可逾越的鸿沟。那么，究竟什么是"摒弃我们的世界"？简而言之，没有人类存在的世界。"为我们存在的世界"和"独自实存的世界"可以并存，但"为我们存在的世界"和"摒弃我们的世界"不可能共存。

从某种意义上说，"摒弃我们的世界"并不存在于世界或地球之外，并不是所谓的"伟大的外在"（the great beyond），相反，它存在于世界和地球的裂缝、空白或裂隙之中，是我们这些渺小存在无意中窥见的幽暗深渊，是洛夫克拉夫特笔下的调查员们所遭遇的、早已隐匿了的旧神。我们所面临的挑战并不是去改进或更新"为我们存在的世界"，这个世界注定岌岌可危，也不必去苦苦追寻那幽灵般的"独自实存的世界"的客观性，我们应当学会思考何为"摒弃我们的世界"，回应克苏鲁的呼唤并反思何为人，如何处理人与世界的关系。萨克尔的观点非常接近后人类主义中人类灭绝论这一分支。

后人类主义有至少三条路径：人类灭绝说、人类超越说、反人类中心主义。人类灭绝说以杰米·韦恩斯坦和克莱尔·科尔布鲁克（Jami Weinstein and Claire Colebrook）合著的《死后之生：超越后人类的理论》(*Posthumous Life: Theorizing Beyond the Posthuman*，2017）为代表。这种学说认为人类灭绝是我们必须思考的真实可能性，人类之后（或是摒弃了人类存在）的生命、自然和宇宙也是值得探索的。人类超越说以超人类主义运动为代表，这种在二十世纪后半叶勃兴于欧美的思潮推崇科技的救赎力量，追求人类对物质性身体的改造甚至彻底超越。超人类主义者坚信人类终将在科技的帮助下进化成与智能机器合体的后人类。这种思潮因其对资本的依赖以及对人文主义的种种弊端视而不见而备受诟病。第三种后人类主义是反人类中心主义，这条路径上的学者以罗西·布赖多蒂（Rosi Braidotti）等人为代表，他们批判以特定性别、种族、阶级、物种的"人"为标准去衡量并征服万物的人类中心主义，渴望重建能够包容种种差异性的后人类主体。克苏鲁恐怖故事显然与人类灭绝说异曲同工，与人类超越说背道而驰，那么，克苏鲁触须上流淌的黏液，究竟是沾染着人类中心主义的遗毒，还是可以帮助我们提炼出去人类中心主义的解药？

旅居英国的澳大利亚学者麦克考马克从反人类中心的视

角出发讨论克苏鲁神话。麦克考马克所不能回避的问题是，如何处理洛夫克拉夫特悖论？在本体论层面，洛夫克拉夫特的小说被赞颂为一种去人类中心、宇宙冷漠论的否定哲学，但在现实中，作者本人以及他的作品却充斥着厌女心态、种族歧视、对优生学的推崇和白人至上主义。如果从浩瀚无垠的宇宙回归此时此地的生活，生活在新英格兰的白人男性洛夫克拉夫特对保守价值观的坚定维护使得他很轻易地成为了政治不正确的典范，哈曼和萨克尔等人眼中的桂冠诗人也许应当被取消？对此，麦克考马克选择为洛夫克拉夫特辩护，而稍后介绍的哈拉维则决定另起炉灶，把克苏鲁改造成女性主义的克苏鲁。

麦克考马克当然不会为洛夫克拉夫特的政治不正确辩护，但她也不主张因噎废食因言废文。她发表于期刊《后现代文化》（*Postmodern Culture*）的论文"透过德勒兹-瓜塔里之门的洛夫克拉夫特"（"Lovecraft through Deleuzio-Guattarian Gates"，2010）在修订后更名为"洛夫克拉夫特的宇宙伦理"（"Lovecraft's Cosmic Ethics"），被收录于文集《洛夫克拉夫特时代》（*The Age of Lovecraft*，2016）。麦克考马克认为我们与其说追问克苏鲁故事意味着什么，倒不如探索该怎样运用这些故事，该怎样在阅读中想象自己成为洛夫克拉夫特笔下的诡异事物，与它们合为一体，以各种各样的奇异方式去体验和舒张他者不被同化的差异性，在与宇宙的冷漠共舞的过程中渐渐褪去人类的狂妄与傲慢，让新的伦理、欲望、哲学和文学从人文主义的废墟中升起。麦克考马克对洛夫克拉夫特的文体考察尤其值得我们关注，身为写作者的我对这些具体策略非常认同。

在麦克考马克看来,虽然洛夫克拉夫特不得不使用语言,但他总在尝试突破语言的种种限制。比方说:在故事进程中借助梦境和幻想为不可名状之物大量地提供暗示和线索,虽然某些事物因超越语言而不可能彻底显现,但人类的非理性也许可以尽可能地贴近所谓的"外在"。这里的"外在"(outside)类似于哈曼的实在物和实在属性,或是萨克尔所说的"摒弃我们的世界"。麦克考马克的"外在"就是宇宙本身,也存在于宇宙之中,在构成宇宙的万物之中;"外在"不可穷尽、难以理解,不可能被人类语言所表达,无论理性或感性驱动的痕迹也无法将其复制,但人类仍然怀有一种冲动,想要捕捉与人类感知能力不兼容不匹配的东西。

我把这种知其不可而为之的冲动叫作诗,正因如此,我写诗依赖梦境和幻想;也正是在这种意义上,脱离了人类中心主义的"外在"才是创造力的源泉、催化剂和最终目标;诗所创造的疆域属于自由的思索而非僵化的知识,是天马行空的想象而非亦步亦趋的省察。我要强调的是,这不是驱动理性和科技发展进而把"独自实存的世界"转化为"为我们存在的世界"的冲动,相反地,这是人类成为非人的冲动,我们早就应该成为被围猎的女巫、畸形人和妖魔鬼怪,隐匿于"摒弃我们的世界",成为它的共谋和守卫者。

麦克考马克还提到了洛夫克拉夫特写作中的"亵渎"(blaspheme)主题,他笔下的亵渎意味着怪人怪物口出狂言冲撞权威,亵渎者已经是不合规范的存在,它们冲撞并瓦解的是人类的知识以及它们被语言所转化所记录的可能性。换言之，这是对知识本身——彼此孤立、井然有序的认识体系——的亵渎，知识引导我们区分科学与巫法、真相与谎言、现实与非现实，等等，亵渎的结果却是矛盾双方的混杂，不倾向于二元对立体系中的任何一方，理解并不高于消解，清醒不比迷惘更宝贵，甚至互相转化中的善恶也不再有明确的边界。在梦境的秩序里成为亵渎者的例子是《女巫宅邸之梦》（*Dreams in the Witch House*，1932）中的主人公沃尔特·吉尔曼（Walter Gilman）。吉尔曼是求知若渴的大学生，他钻研非欧几里得微积分学、量子物理，妄想把这些新型知识与民间传说和哥特故事相混合，甚至搬进了传说中的女巫宅邸，于是可想而知地陷入了重重梦魇，在梦中与女巫克夏·梅森（Keziah Mason）和耗子布朗·詹金（Brown Jenkin）频频遭遇，最终陷入疯狂，死于非命。

如果要为洛夫克拉夫特辩护的话，那么《女巫宅邸之梦》在故事层面展现的是男性的、昂-撒种族的、资产阶级的"人"之主体的崩溃，这与其他文本中的厌女、种族偏见和资产阶级道德奇妙地并存着，也就是说，对本体论层面的"物""星球"和"外在"的向往虽然不能消解作者和作品对现实中的"他者"的仇视，但至少这种向往并没有走上强化特定人群特权的超人类主义道路。甚至，吸引并摧毁了吉尔曼的正是他寄身其中的女巫宅邸，而这位女巫是多维时空的探索者并且因此而受迫害，小说交代了她的神秘消失以及在吉尔曼梦中的频频再现。正因如此，我们可以认为吉尔曼的悲剧也是认识论层面的革命开端，这个游走在梦境和现实、幻觉与感知之间的亵渎者被摧毁了，女巫却仍在逃逸，并且无限逼近凌驾于知识范畴之上、跨越二元对立的外在。

来比较一下哈曼和麦克考马克对洛夫克拉夫特语言特色的考察。哈曼关注到的是不可言说之物和勉强为之的描写之间的鸿沟，也就是不回避逻辑悖论，主动暴露语言自身的局限性，例子之一便是洛夫克拉夫特热衷于使用各种形容词的否定形式，诸如不可描述（indescribable）、不可理喻（incomprehensible），等等。麦克考马克还看到了弥漫在这道鸿沟之上的梦魇与幻觉。哈曼关注到了洛夫克拉夫特描写怪物时从不同角度入手的立体主义风格，麦克考马克补充说洛夫克拉夫特能够把无限细腻的描写和肆无忌惮的抽象化相结合。身为诗歌写作者的我早已不自觉地在操演这些不属于传统技法的技法，以最后一点为例，我的语言实验就是以意象而非词汇为基本单位，用大量意象构成变幻中的场景而非静止的画面，这些场景是现实与虚构的融合，既由具象构成，也符合抽象概念的推演轨迹。

让我们回到麦克考马克对洛夫克拉夫特悖论的处理。尽管谁都不可能把洛夫克拉夫特改造成支持女性主义和其他政治议程的"进步"作家，但他独特的本体-认识论有潜力开启伦理、政治层面的激进变革，而他所直面的白人男性有产者特权主体的毁灭恰好是重建多元的、联通的、去人类中心的生态环境所不可或缺的前提。所以麦克考马克认为洛夫克拉夫特的写作是"少数文学"的典范，因为他在写作中实现了放弃自我、成为宇宙中的微尘，并最终放弃导向认知、识别和意义化的感受。吉尔·德勒兹（Gilles Deleuze）和费利克斯·瓜塔里（Félix Guattari）所提倡的"少数文学"（minor literature）并不被作家特定身份（女性或少数族裔）的出现频率所界定。"少数作家"是自己语言中的外邦人。如果他们自命为"杂种"，那这不是因为不同语言的混杂或交融，而是因为他们通过拉伸张量在自己的语言中实现变形。少数作家不仅背叛自己的语言，而且在文学谱系中与正统保持紧张关系，是混迹于混乱且具有破坏性的卑微孤儿。所以德勒兹和瓜塔里在《何为哲学》（*What Is Philosophy?*，1991）中把少数文学描述成一种摸索性的实验，这种尝试也许不登大雅之堂，也不必合乎理性规范，因为它所追求的是梦的秩序和追随女巫奔逃的思考方式。在女巫宅邸里做梦的吉尔曼灰飞烟灭了，追随女巫奔逃的我们能够去向何方？

女性主义科技研究学者哈拉维也是克苏鲁转向的参与者，但与刚才介绍的三位学者不同，她在《与麻烦同在：在克苏鲁世制造亲缘》（*Staying with the Trouble: Making Kin in the Chthulucene*，2017）一书中选择改变克苏鲁的拼写，创造了新词汇"克苏鲁世"（Chthulucene）去取代当前的"人类世"和"资本世"。如果说麦克考马克选择无视洛夫克拉夫特的落后偏见而着力于发掘他的本体图景对进步政治的贡献，哈拉维则决定取消厌女的种族主义者洛夫克拉夫特，甚至彻底改造克苏鲁。这里要先交代一下物导向本体论和新物质主义（New Materialism）——也称动态物质主义（Vitalist Materialism）——的分歧。与男性主导的思辨实在论不同，后者以卡伦·巴拉德（Karen Barad）、简·贝内特（Jane Bennett）、伊丽莎白·格罗斯（Elizabeth Grosz）、哈拉维和布赖多蒂等女性学者为代表。在她们看来，物质并不是消极、静态、惰性的。根据牛顿力学之后的量子力学，物质是一种动态或单纯的过量，存在于关系之中，充满了内在的差异性。运动的物质或物质的运动使得自我生产、组织和转化的过程持续不断。相应地，自然不被神意或人类智慧主宰，而是一个不确定的领域，其中各种实体和流程相互依存影响，形形色色的人类和非人类的身体都深深地嵌入在这个巨大的网络里。再相应地，身体并不是一个自我封闭、自给自足的统一体，被某种可脱离身体的超越性思想所支配，而是在微观和宏观各个层面上不断变化的实体和过程的集合。

贝内特在《系统与物体：回应格雷厄姆·哈曼和提摩西·莫顿》（"Systems and Things: A Response to Graham Harman and Timothy Morton"，2012）一文中批评哈曼等人过于急切地与思辨层面的关联主义切割而忽视了现实中物与物的关系。哈曼认为实在物总在回撤，而贝内特强调自己倾向于用"物体/身体"（things/bodies）代替"客体"（objects）一词，贝内特的物体不是孤立独存的、只能被人类头脑间接推想的，它们是彼此纠结的，并且总是内嵌于各种"体系"（systems）和"配置"（assemblages）之中。比较之下，我们可以说哈曼的实在客体和贝内特的交缠物体分别对应了一神教的男性化超越（masculine transcendence）和泛神论女性化内在（feminine immanence）。

正是在这样的视阈中，我们来看哈拉维的克苏鲁改造，她把克苏鲁拼写成 chthulhu，在首字母 c 后面添加一个 h 以区别于洛夫克拉夫特的 Cthulhu。哈拉维的克苏鲁（chthulhu）来自一种生活在北加州的蜘蛛 Pimoa cthulhu，她的克苏鲁世指某种曾经存在、依然存在并且有可能仍将存在的异时异地，所谓的"异"区别于当前的人类世和资本世，也就是以资本主导的人类活动摧毁地球生态的时代。克苏鲁世的怪物是结网的蜘蛛，是来自土地而非天空的力量，是不同物种之间互相纠缠和依赖的"并生"（sympoietic）关系而不是"自我生成"（autopoietic），是各地文化中被压制被妖魔化的古老女神比如最后的戈尔贡美杜莎而非害白人男性陷入疯癫的克苏鲁。

怪物们也有性别吗？女性创作者该如何处理男性中心的现存话语，其中包括仍然由男性主导的流行文化和批评理论？虚无主义是男性特权吗？哈拉维的改造是否有效？克苏鲁能否成为为女性或是酷儿写作的镇场"凶兽"？一方面，她是否放弃了克苏鲁神话的激进本体论，用政治正确的砂纸打磨掉了克苏鲁的恐怖锋芒；另一方面，她是否有效地把克苏鲁推向了另一套激进本体论，如果呼唤多物种并存生态正义不能被简化成政治口号，那么与恐惧同样强大的情动是什么？这些都是我们这些写作者需要在实践中回应的问题。

克苏鲁与"资本主义现实主义"

2024年夏天，就在我整理这部诗集的稿件并开始构思这篇克系诗学宣言时，电影《异形：夺命舰》（*Alien: Romulus*）在中国市场大受欢迎，票房收入甚至超过了其在北美的表现。对于这部R级恐怖片的意外走红，我们可以给出诸多解释，这里先提供两种可能性供大家参考：粉丝文化的储备和时代精神的共鸣。"异形"系列的九部电影中，只有两部前传

《普罗米修斯》(Prometheus，2012)和《异形：契约》(Alien: Covenant，2017)在2010年代的中国公映过，但其他影片早就通过盗版形式进入中国，并且积累了相当数量的影迷。这些粉丝热衷于收集信息分析剧情，了解到瑞士艺术家H. R. 吉格尔（Hans Rudolf Giger）为首部《异形》电影设计了"异形"的形象，而这位艺术家深受克苏鲁神话的影响。也正是在2010年代，克苏鲁神话开始有了系统的中译本，而克苏鲁在欧美和日本文学、影视和游戏里的广泛影响也早已波及中国，在中国读者、观众和玩家中掀起了一股克苏鲁热潮。在社交媒体上，《异形：夺命舰》获得大众关注的原因之一就是它作为克苏鲁衍生品被宣传。

《异形：夺命舰》的剧情聚焦于一群年轻的矿工，他们试图逃离影片中星际殖民扩张巨头韦兰德-尤塔尼公司（Weyland-Yutani Corporation）的控制，不幸与该公司捕获并豢养的异形相冲突。影片中甚至有场景直接展现了公司如何随意更改与主人公签订的合同，拒绝其退休申请，将其逼上盗用公司飞船逃跑的死路。主人公与同伴登上的废弃飞船其实是公司的秘密实验基地，那里的科学团队试图把异形改造成能够在极端条件下工作的超级工人，却因实验失控而全军覆没。在社交媒体上，中国观众赞叹影片的血腥残酷，却更是一针见血地指出，真正的恐怖存在是摆布劳工命运的资本。影片的英文名是 Alien: Romulus（《异形：罗慕路斯》），罗慕路斯是罗马神话里食用狼奶长大的罗马建城者，而中文名改成了直白的"夺命舰"。早就有影评人指出，1979年的首部《异形》电影里，在飞船漫长逼仄的通道里捕猎人类船员的异形与它神出鬼没穿行其中的通道是一体两面，而这里的本体就是韦兰德-尤塔尼公司，克苏鲁神话的"宇宙恐怖"被具体化为"资本恐怖"。2024年的《异形》以《夺命舰》为副标题，其实是强调了资本恐怖的主题。然而，这部最新前传里，异形的身份发生了重要变化。公司对异形的安排被阐明，它就是比人和机器更适合太空作业的新型劳工。影片接近结尾时，异形与主角团里孕妇腹中的胚胎结合，以人兽混杂的形式重新诞生，并且吸食母体迅速成长。这既是对罗马神话的征引，又强调了异形的劳工身份，异形不仅是盲目猎杀的暴力象征，更是资本所梦想的、以彻底压榨劳动者的方式而提炼出的劳动力，这种力量是不可名状、难以理喻并无法控制的。

让我们回到克苏鲁神话的滥觞，那是二十世纪二三十年代，两次世界大战之间的美国，这个正在崛起的世界帝国在经济地位上已然超越欧陆国家，却还要等到二战之后才能成为真正的世界霸主。曾经平静的新英格兰小镇也被卷入了时代的漩涡。令洛夫克拉夫特陷入恐慌的，也许不是子虚乌有的怪物，而是工业化和城市化带来的狂飙突进和纸醉金迷，是从世界各地涌来的移民和他们的文化对昂-撒新教徒的"威胁"，是经济大萧条时代的天灾人祸哀鸿遍野。哈内赫拉夫以为，洛夫克拉夫特故事中人类理性和知识体系在克苏鲁的压迫下的崩溃其实源自基督教神学家遭遇异教迷信时歇斯底里的反应。此外还有一种解释：这种崩溃其实影射着现代个体的自我迷失和资本主义所无法克服的周期性危机。克苏鲁神话是虚构的故事，但这些故事所捕捉到的，我们在面临经济、政治和生态危机时的惶恐是真实的。

世界距离末日并不遥远，但想象此在世界的末日和世界的其他可能性却是异常艰巨的任务。在《资本主义现实主义》(*Capitalist Realism*, 2012) 一书中，马克·费舍 (Mark Fisher) 指出，虽然流行文化中盛行末日叙事，我们却无法想象资本主义之外的政治经济模式和社会文化图景。这时候，洛夫克拉夫特面对冷漠宇宙时的彻骨绝望反倒为我们讲述了可以在资本主义现实主义的天罗地网上撕开缺口的"怪异"故事。也难怪萨克尔为费舍的《怪异与阴森》(*The Weird and the Eerie*, 2017) 写了书评，与费舍一同称颂洛夫克拉夫特督促我们反思有关人类能动、自主和控制力的狂妄信仰，并且重新审视我们与非人生命和非生命物质的并存与互动。从克苏鲁神话的哲学思辨到异形系列的政治隐喻，我们能够观察到的是，哈内赫拉夫所形容的浪漫虚无主义正在具体化为"参与虚无主义"(Engaged Nihilism)。

参与虚无主义是中文世界克系修仙小说的奇妙主旨。诞生于二十世纪美国的怪物想象与二十一世纪中国网络文学中的修真小说发生了融合，我把这种现象描述为克苏鲁征服修仙世界、中国改造克苏鲁意象。克苏鲁神话和修真小说是看似不能兼容的两大幻想体系。前者是负能量爆棚的恐怖故事合集，后者可以被解读为宣扬正能量的人间喜剧。在这些小说里，凡人可以修仙可以成圣，传统文化里的修炼主题与现代社会的个人和集体进步论完美结合。克苏鲁神话的反人文主义情绪和反人类中心倾向与修真小说的极端人文主义、超人类主义特征可谓是南辕北辙。在魔神克苏鲁的压迫之下，人类接受自身的局限、世界注定的崩坏，以及存在的不可理喻和不可描述，退缩到无知和蒙昧的状态中，这种悲观愿景的对立面恰好是修真小说里"炼精化气、炼气化神、炼神还虚、炼虚合道"的升级设定，而修真小说里层层推进的自我修炼对应着现实生活中劳动者的自我教育和经营，理性是被赞颂的、知识是被追求的、天地是被期待着围绕"自我"而运转的。

克苏鲁神话和修真小说已经融合诞生了克系修仙小说。传统的修仙世界被克苏鲁等旧日支配者的降临而污染，主人公只能崇拜魔神，以或自残或害人的方式从事修炼。这里的克苏鲁或是与资本的形象重合，或是象征着不可描述、无法控制的劳工潜能。这些残忍可怕的歪门邪道有可能揭示了数字劳动自我剥削、自我摧残的真相，也有可能在暗示我们：逃避、躺平甚至发癫也许都并不可耻。在经济停滞、阶层固化的时代，与其继续内卷，不如像赫尔曼·梅尔维尔（Herman Melville）笔下的书记员巴托比（Bartleby）那样说一声："我不干了。"洛夫克拉夫特调查员身上的影子可能来自基督教神学家，也可能是消极怠工否定建制的巴托比，而我们的克系修仙者所践行的是参与虚无主义，在幻想空间里反思现实，以虚无的态度去冲击资本主义现实主义，无论是否能够在铜墙铁壁上凿出小孔透光透气。

我没有忘记，这是一篇谈诗的文章。我早已提过，作诗的功夫总是在诗外。我不觉得诗比起小说、影视和游戏来有什么内在的高贵或天然的壁垒。因为接受了人生乃至整个世界的无意义，所以才乐意与大家一同随时随地苦中作乐，想读就读，想写就写，想怎么玩就怎么玩，要是不想玩也别勉强。世间自由自在的事，莫过于广义的创造或是写诗这类创作。自然而然地写诗多好，别去在意什么前定的任务，也不必追求什么终极的目标，何妨耍赖，不若发癫，只有先撇开特定的审美套路和政治诉求，我们才有可能真正地开始审美，从事政治。最后再说点真心话：今后我想要在诗歌写作中尝试的，恰好是克系修仙小说的参与虚无主义，厌倦与执着、漠然与关怀、绝望与向往这些所谓的反义词才是泥潭中开出的并蒂莲吧。